不负人生
不负卿

闫荣霞 邢万军
—— 编著 ——

北方文艺出版社

图书在版编目（CIP）数据

不负人生不负卿 / 闫荣霞，邢万军编著 . —— 哈尔滨：
北方文艺出版社，2018.8

ISBN 978-7-5317-4216-6

Ⅰ . ①不… Ⅱ . ①闫… ②邢… Ⅲ . ①散文集 – 中国
– 当代 Ⅳ . ① I267

中国版本图书馆 CIP 数据核字（2018）第 049493 号

不负人生不负卿
BUFU RENSHENG BUFUQING

编　者 / 闫荣霞　邢万军

责任编辑 / 路　嵩　富翔强　　　　　　　装帧设计 / 朗童文化

出版发行 / 北方文艺出版社　　　　　　　网　址 / www.bfwy.com
邮　编 / 150080　　　　　　　　　　　　经　销 / 新华书店
地　址 / 黑龙江现代文化艺术产业园 D 栋 526 室

印　刷 / 廊坊市国彩印刷有限公司　　　　开　本 / 880×1230　1/32
字　数 / 160 千　　　　　　　　　　　　印　张 / 8
版　次 / 2018 年 8 月第 1 版　　　　　　印　次 / 2018 年 8 月第 1 次印刷

书　号 / ISBN 978-7-5317-4216-6　　　　定　价 / 32.00 元

编者的话

　　我们身处一个经纬交织的复杂世界。行走的过程中，很多时候，也许就把心灵忽视了。但是，又做不到完全的忽视，因为在追求外在世界的时候，会莫名地觉得忧伤和失落，会问：

　　"我是谁？"

　　"谁是我？"

　　"我在哪里？"

　　"我在做什么？"

　　"我想要什么？"

　　"我遗忘和失落了什么？"

　　"何者为丑，何者为美？"

　　那就是我们的心灵在执着地唱歌。所有的歌声，主题只有一个，那就是"感觉"。

　　我们大多数人都不爱护自己的感觉，小时听父母的，当学生听老师的，工作了听领导的，成家了听爱人的，老了听孩子的，空虚的时候听不知道什么"大师"的，结果自己明明有感觉的，却都给贬成错觉。所以很多人迷惘如孩童，不知道自己到底想要什么，也不知道自己小小的心灵，有着怎样一个微观而丰富的世界。

那么，这套"心灵微观"丛书的作用，就是希望读者从现在开始，直面自我，多听听自己的声音，多尊重自己的感觉：你会发现，原来你的心灵如此鲜明而生动。它在街边飘过的一首歌里，怀抱的小娃娃的一声欢笑里，开河裂冰的一声咔啦啦的巨响里，森林的阵阵松涛里。它在人们的笑脸上，一个电影里，一篇文章里，一个新交的朋友坦诚的双眼里。它使我们领略生之美好，收纳生之快乐。

编者历时数载，定向收揽如知名作家朱成玉、周海亮、澜涛、凉月满天、顾晓蕊、吕麦、安宁、古保祥、崔修建……以及新秀作者的优秀作品，以期不同的作者以不同视角，表达自己最真切的想法、念头和感触，剖析自己的心灵，以此为引，希望读者朋友也对自己的心灵细剖细析，细观细察，深入认知，深切会合，于细微处得见心灵的宏大愿景，从而不忘初心，砥砺前行，欣赏美好，过朴实而欣悦的一生。

这，就是编者的初心。

"心灵微观"丛书共有六册，其中《不负人生不负卿》以"感情"为切入点，讲述了"爱"是怎么一回事。想要去爱人是人的天性，想要被人爱是人的本能。是的，谁都会有生命的极夜，觉得一路上无星无月，无路无爱。但是不要紧，一分一秒挨过去，咬牙任凭痛楚凌迟。世间万物都会辜负，唯有流光不相负。迟早它会把你的痛冲刷殆尽，哪天想起来，也只余下淡白的模糊影子，那是你一个人的伟大胜利。而转头处，你会发现，原来一直有人在深深地爱着你。

《平凡不可贵，最怕无作为》以"事业"为切入点，讲述了我们的艰辛奋斗，艰难成功。奋斗到后来，你会发现，任何难题都不是难题。挑战是给你机会去战胜挑战，艰难是给你机会走出艰难，困境是给你机会让你成长到足够翻转困境。只要转换视角，就能翻转命运。

《所有的命运都是成全》以"命运"为切入点，讲述了非常玄奥的"命运"是什么东西。命运能是什么东西呢？它是生命，是际遇，是曲曲折折的前进，是寸步不肯移的守候，它是一切。际遇如火，骄傲如金。珍而重之地对待生命，不教时日空过，无论怎样的波峰浪谷，都无损于我们自己的骄傲。遇吉不喜，遇凶不怒，坦坦荡荡，宽宽静静中，一生就能这么有尊严地过去了。

《苦如蜜糖，甜是砒霜》以"苦难"为切入点，讲述了人人望而却步却人人都有可能经历的"苦难"。这个光鲜靓丽的世界上，这么多光鲜靓丽的人，都包裹着一颗拼命挣扎的心。没有谁真正潇洒，大家都不轻松。也许困顿是良机，因为障碍越多，被跨越的障碍越多。不必被愤怒和悲伤蒙住了眼，假如退开来看，说不定能够看出命运的线正从彼处发端，要给你织成一幅美丽的锦缎，只要你给它时间。不如一边整小窗，一边倚小窗，一边买周易，一边读周易，一边养青蛙，一边听蛙叫，心头种花，乐在当下。

《绿墙边，花未眠》以"美好"为切入点，细细描绘了生命中的美好片断和美好场景，动荡人生中的稳静光阴。生命是需要稳和静的，如同篱落间需要点缀一点两点小黄花；

就像《红楼梦》里的大观园，有那样金粉玉砌的所在，就有稻香村这样的幽静之所可以养性，可以读书，可以于落雪落雨之际，去品生命况味。

《昨日不悔，明日不追》以"赤子之心"为切入点，与读者一起，重觅本心，重拾美好华年。"归去来兮，田园将芜胡不归？"现代人没有陶渊明的幸运，不是所有人在厌倦了都市生活后，都可以有一个田园迎接自己的归来。实在没办法的时候，我们可以在心里给自己营造一个独属于自己的田园，那里有如烟蔓草，有夕照，有落英。

一个人，生活在一片破落的村庄，隔着一条大河，有一个仙境一样美的地方，那里整日云雾缭绕，太阳一出，云雾散去，鳞次栉比的房屋又像水墨画一样。他想："啊，要是能到那里生活就好了。"于是，有一天，他下定决心，整理行装，登程了。

当他辛辛苦苦到达那里，才发现那里的村庄一样破落，那里的人们和自己家乡的人毫无二致。他失望透顶。隔河望去，自己的家乡也美丽得如同仙境，云雾缭绕；当云雾散去，房屋也如水墨，引人遐思。

真是一个隐喻式的故事。我们的人生就时时生活在这样的矛盾之中，总是觉得身处的环境不好，正在做的工作不好，享受到的待遇不好，挣到的钱太少；可是当我们换一种身份，挣了大钱，得了大名，又会觉得还是平平淡淡的生活更好。

说到底，我们总是这山望着那山高，其实却是这山和那山一样高。你觉得这里的山好，那么别处的山就一样好；你觉得这里的山不好，那么别处的山一样不好。

就像一个人从一个小镇搬到另一个小镇，询问当地的一个老者："这里的人好不好？"老者反问："你家乡的人好不好？"他说："我家乡的人都好极了，既热情又善良。""那么，"老者说，"这里的人也都好极了，既热情又善良。"

另一个人也从一个小镇搬到了这个小镇，也询问这个老者同样的问题，老者也反问："你家乡的人好不好？"他说："我家乡的人都坏透了，既冷漠又奸诈。""那么，"老者说，"这里的人也都坏透了，既冷漠又奸诈。"

高低好坏，其实都在自己的心呢。

借由"心灵微观"，希望我们真的能够荡涤凡尘，得见本心，心灵如清水洁净轻灵。

前　言

　　爱人间，皆是因为贪。

　　贪爱人间情分，红尘烟火。

　　爱我的父母，虽然我的父亲只是一个农民，大字不识一个；我的母亲简单粗暴，喜欢骂我。而如今父亲去世，母亲衰老。

　　爱我的爱情，虽然它又甜又苦，甘甜的时候少，苦涩的时候多，愈是深爱，愈是寂寞。

　　爱我的朋友，虽然他们来了又去，可是去了仍旧会来。

　　爱我的姐姐弟弟，妹妹哥哥，爱路上的陌生人，爱世间一切，爱世界。

　　而世间人，对于这个"爱"字，大约都是一样的。一样地盲目又执着，哪怕被生活重重地伤害过，仍旧拼命伤痕累累地爱着。若心灵是一粒原子，"爱"便是它的核。细小而致密，无法丢失，不可分割。

　　若是有神，神是爱世人的。他爱善人，也爱恶人；爱无私欲者，也爱有私欲者；爱那被杀者，也爱那杀人者……为什么不爱呢？这个世界是他造的。他让人依随自己的自由意志而生活，这就是最大的爱了。而我们也满可以像神那样，爱你，爱他，爱我。只要彼此相爱，我们就不堕落。

所以本书以"爱"为主题，分为五辑，精选数十篇知名作家的美文，分别从爱母亲、爱父亲、爱爱人、爱朋友、爱身边所有人的角度，对于"爱"这个词细说细讲。让我们一起笑中带泪，共品爱中时光。

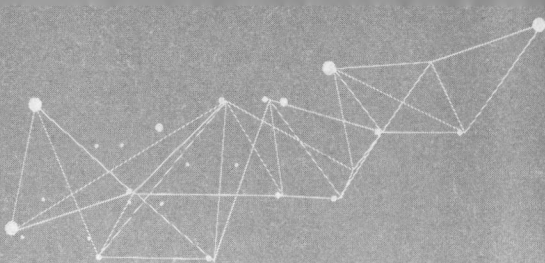

CONTENTS

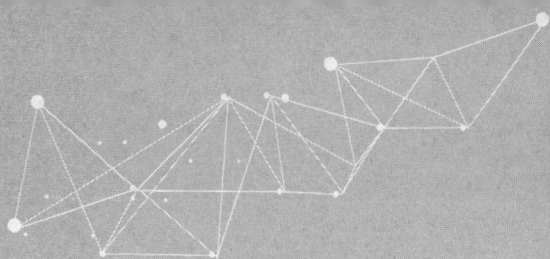

第一辑

想给妈妈做妈妈，
以后再也不欺负她

有人说，母爱如花；有人说，母爱如海；有人说，母爱明明如日月，昭昭如灿霞。无论如什么，似什么罢，母爱就是母亲在，而她，对你就是直白的、霸道的、蛮不讲理的爱了！而你，就总是细细微微地、零零碎碎地欺负她，直到有一天，回过头看岁月，禁不住泪如雨下……

油饼翻身

周海亮

　　每次回家，母亲都会为他烙几张油饼。烙油饼需要不停地翻动——翻一个身，轻轻拍打，再翻一个身，再轻轻拍打，油饼就松了，散了，软了，又不失劲道。油饼们不大，白里透黄，一层层紧挨着，沾了翠绿的葱花。不光油饼，还得配一碗荠菜汤。乡野的荠菜，干净，鲜美，最适做汤。水开了，鸡蛋搅得膨松，倒进去，勺子慢慢地转，慢慢地转，又拉细成丝，盛进碗里，蛋花且金且银，荠菜绿得如翠，再点一滴圆润如琥珀的香油，闻之即醉。

　　油饼配荠菜汤，小时候的最爱。现在他长大了，城市里有一份属于自己的事业，回家的次数变得极少。偶尔回家，必是事业遭遇不顺，回到家，垂头丧气，看什么都不顺眼，干什么都提不起精神。可是不管如何，母亲一定要给他烙几张油饼，烧一碗荠菜汤。油饼仍然是儿时的滋味，香，散，软，韧，仿佛那香可以渗透全身，舒筋活血，再喝口热汤，通体舒坦，心情便好了很多。

　　那次回家，母亲却病倒了。多年积劳成疾，母亲的病，绝非来自一朝一夕。见他回来，母亲吃力地爬起，说，给你烙几张油饼吧？他说，不用了。母亲说，知道你爱吃。他说，那也不用了，您躺下休息。他陪母亲坐了一会儿，出门，找他儿时的伙伴聊天诉苦——他不想将他工作的难处告诉母亲，更不想让他的坏心情影响到母亲——村子里，他只信任他那位儿时的伙伴。

傍晚回来，却见母亲已经烙好了油饼，旁边，一大碗飘着香气的荠菜鸡蛋汤。看母亲，满头是汗，气喘吁吁，一手撑着椅背，一手扶住腰，却笑着，花白的头发沾在脸颊。他有些心痛，说，妈，不是说等我回来做饭吗？母亲笑笑，说，知道你只有在工作不顺利的时候才回家。你工作不顺，妈一定得给你烙油饼啊。

为什么一定要烙油饼？

油饼翻身啊！母亲说，吃了翻身的油饼，你就会翻个身，回城，工作就会好起来了。

呵，油饼翻身。以前他听母亲这样说，以为不过是烙油饼的方法，充其量，不过是烙油饼的技巧。他真的不知道，原来，自他进城以后，每次回家，母亲给他烙的油饼里，还有着这样美好的寓意。

——所以，即使母亲拖着病体，也要为他烙"翻身"的油饼。这不是迷信，这就是——母爱吧？

可是，您怎么知道我工作不顺心？

如果你工作得顺心，又怎么有时间回来看妈呢？母亲笑着说，丝毫没有责怪他的意思。

他坐下来，吃母亲为他烙的油饼，喝母亲为他烧的荠菜汤。饼香软，汤鲜美，他知道，很多时，母亲想他，却并不希望他回来。他回来，必是不顺心的。母亲希望他在城市里的事业一帆风顺。

常回家，这样简单的道理，他懂，却做不到；常回家，这么简单的事情，他可以，却同样做不到。只因为，很多时候，他如太多轻狂的年轻人一样，有自以为是的事业。

油饼翻身。现在他确信，待他老了，也会为他的儿子烙油饼，也会将"翻身"的美好寓意，烙进每一张油饼里。

母亲的鞋架

澜　涛

　　夜已经深了，下了整整一天的秋雨还在淅淅沥沥地敲打着楼外的玻璃窗，发出滴滴答答的响声，母亲从我的记忆深处蹑手蹑脚地走出她的小屋，走到房门口的鞋架前，弯下腰来……

　　随着职务的提升，我不仅工作忙碌了起来，应酬也多了起来，回家再无规律。妻子渐渐习惯了我的忙碌，每每回家太晚，抱怨几句便不再理睬我。一次深夜回家，看到母亲在她的屋门口，显然是在等我。我带点责怪地说母亲："娘，你不用惦记我。你这么大年纪了，该多休息。"母亲结巴着说道："娘知道，娘担心你……"那以后，再没有看到母亲等在屋门口。

　　母亲只有我这么一个儿子，因为父亲早亡，我结婚后，母亲便跟随着我和妻子同住。家中的空间有限，我和妻子住稍大一些的房间，母亲一个人住在小一点的房间。母亲似乎把家中的两个房间分得很清楚，在我的记忆中，她从不曾到过我和妻子住的房间，每每有什么事情，总是在房门外唤我的名字。

只有小学文化的母亲，恪守着她自己设定的规矩。她一如既往地牵挂着我呵护着我，却最大限度地给了我飞翔的自由。

又一天，已经夜里11点多了我才回家。我轻手轻脚地开门关门、脱鞋进房间……第二天吃早饭时，母亲突然对我说道："你昨天晚上怎么回来那么晚？都11点半了，这样不好……"我一下愣怔住了，不知道母亲怎么会知道得如此准确，我一边往母亲的碗里夹菜，一边敷衍着母亲："娘，我知道了。"

此后，我每每回来晚了，第二天母亲总会十分准确地说出我回家的时间，但不再多说什么。我知道，母亲是在提醒我回家太晚，提醒我要注意休息，提醒我不能对家过于疏淡。母亲总是用她的默默关注提醒着我，我心头的疑问也越来越大：我每次晚归，母亲是怎么知道的呢？

答案是在一个深夜知道的。

那晚，我又是临近12点才回到家中，轻手轻脚地关好房门，把鞋放到鞋架上，换上拖鞋。因为酒喝得太多，我没有回自己的房间睡觉，蹑手蹑脚地去了阳台，想吹吹风，清醒一下。吹了一会儿风，当我想回房间睡觉，刚到门口，看到月光的映照下，母亲正俯身在鞋架前，查看着鞋架上的一双双鞋，她拿起一双放到鼻子前闻一闻，然后放回去，再拿起另一双……直到闻到我的鞋后，才会放好鞋、直起身，转回她的房间。原来，母亲每天都在等待我的回来，而每次，为了不影响我和妻子，她总是凭借鞋架上有没有我的鞋来判断我是否回到家中。而她判断我的鞋子的方法竟然是依靠鼻子闻。

我已经习惯以事业以忙碌为借口疏淡了对母亲的关心，但母亲却像从前一样时刻牵挂着我。我在母亲的心里是永远没有长大的孩子，母亲对于我却已经不再是时刻的依赖。一万个儿子的心能不能抵得上一位母亲的心呢？

我的泪水悄然滑出眼眶。

第二天，我将自己的一些旧鞋摆上鞋架。暗想，母亲再也分不清了，就不用每天晚上牵挂我了。

这天，在一个客户的纠缠下，吃过晚饭后，我被拉到一家洗浴中心。洗澡、按摩、修脚……被动地接受着一套眼花缭乱的服务，让我惊讶的是，临出洗浴中心换鞋的时候，发现连鞋都被擦拭、打油，并喷洒了香水。

那天，我回到家已经是凌晨一点多了，倒在床上就酣睡过去。第二天早饭时，母亲叹着气对我说道："你昨天晚上回来都一点半了，你去了什么不该去的地方了？儿啊，做人要端正啊……"我愣怔了一下，明白了，母亲一定是又一次去查看鞋架上的鞋了，她一定注意到了我那洒过香水、不再有脚臭味的鞋子的反常了。

我无言以对。

无论我的鞋子搀杂在多少鞋子中间，无论我的鞋子被粉饰了多少，母亲永远是可以判断出来哪一双是我的鞋子。那以后，我努力拒绝着一些应酬。遇到推却不掉，而又是晚上的应酬，我也总是尽量早些回家。因为，我知道，家中有母亲在牵挂着我。

母亲是 63 岁时病逝的。但母亲去世后，我依然保持着早回家的习惯。因为，我总感觉，那清辉的月光是母亲留下的目光，每夜都在凝视着我。

我的母亲在她 43 岁那年，因为一场意外，双眼失明，此后便一直生活在无光的世界里。

又是深夜，下了整整一天的秋雨还在淅淅沥沥地敲打着楼外的玻璃窗，发出滴滴答答的响声，母亲从我的记忆深处蹑手蹑脚地走出她的小屋，走到鞋架前，弯下腰来……我知道，母亲是在查看鞋子，是在看我回家没有。

母爱如花

阿 亮

夏日里纵是上午，阳光也如火般炽热，于是，大街上便有了流动的伞。伞盛开成花，再簇拥成团，将夏日的街道，变得姹紫嫣红。

她擎一把伞急急地走。收了伞挤公交车，下了车再把伞打开，伞为她在夏日，制造出一小片阴凉。在一条最繁华最拥挤的街道上，伞们彼此相碰，又不时碰上路边的广告牌。

所以女人没有察觉，她的伞破了一个洞。

洞也许早就有了，也许只是刚才。椭圆形，不大，刚刚能够透过硬币大小的一点儿阳光。女人在办公室里发现了这个洞，撇撇嘴，想，该买一把新伞了。

然后，工作，直到中午。

午饭后她给母亲打了个电话，叮嘱母亲不要忘记按时吃药。近来母亲的健忘症变得严重，她总是忘记按时吃药，吃完了，又会忘记到底有没有吃过。挂断电话以前，她顺便告诉母亲，出门时带的那把伞，破了个小洞。

破了个洞？

是。很小一个洞。这样正好可以再买一把新伞。

哦。母亲说，可是你傍晚回家的时候，太阳会晒到你的。

她笑了。小时候越是夏天，她越是喜欢在外面疯跑。太阳把身体烤得汗津津的，将皮肤晒得黑里透红——她喜欢那种无拘无束的感觉。现在呢？现在她成为女人，一切都变得不同。只不过硬币大小的一个洞，有什么大不了呢？她认为母亲有些太过夸张。人到了一定的年龄，就会变得唠叨，就会把一些无关紧要的事情，看得比什么都重。

可是下午，母亲却来到她的办公室。

母亲是挤公交车来的，说要去老年人舞蹈协会领一个什么证，顺便来看看她。说话时母亲脸上流着汗，皱纹里亮晶晶一片。她给母亲搬了椅子，又跑到饮水机前为母亲打水。母亲接过水杯，问她，那把伞呢？

她问，您找那把伞干什么？

母亲说，给你补一补。免得下班回家时……

您是说补伞？她惊愕。

前几天看电视，说紫外线能致癌呢……我带着针和线来，还有老花镜，还有顶针……

可是补伞……

没关系我不会打扰你们的。母亲笑笑说，你们忙你们的，我在走廊里补就行……光线还好一些……空气也好。

然后，母亲真的在走廊里为她补那把伞。连吃药都会忘记的母亲，却没有忘记炽热的阳光，没有忘记紫外线，没有忘记一个硬币大小的洞，没有忘记她的针、她的线、她的顶针、她的老花镜……她挤了公交车来，只为给女儿补一把伞，只为不让那硬币大小的一点儿阳光晒到女儿……她把布块剪成一朵花的样子，又在周围添上绿色清凉的叶子。那个下午，老花镜的后面，始终有一双聚精会神的眼睛。

所有的同事都被感动。他们小心翼翼地走路，生怕惊扰了补伞的母亲。现在伞花上盛开着另一朵花，那朵花张扬、骄傲，不让伞下的人受到一丝一毫的侵犯。那朵花属于母亲的女儿，更属于母亲自己。

谁说母爱只能是千层底布鞋，只能是一碗鸡汤，只能是简单的问候或者关切的眼神？有时候，母爱也会变成花朵，鲜艳绚丽，阳光下烂漫地开放。

等那一抹绿

流念珠

　　每天傍晚四五点我到楼下，都会看到一个小男孩在电梯旁的一个小格子间里待着。看他的年龄，和我女儿年纪相仿，估计是在上小学二三年级。在格子间里，他有时做作业，有时发呆，有时蹲在地上逗蚂蚁玩儿。看见的次数多了，我就问他为什么每天这个点都在这个格子间。小男孩似乎不太爱说话，一次也没回答过我。

　　对这男孩，我有太多的好奇。比如，他是在等妈妈吗？如果是，他妈妈什么时候回来？还有，他为什么在这里等，而不是在自家门口？如果真是等妈妈，他妈妈为什么不拿一把钥匙给他，而非要让他等她？

　　我太想解开这些好奇。那一天我下楼后，和小男孩打了招呼，然后就站在他身边。小男孩还是不说话，但一直看着我。过了几分钟，我从他眼神里读出了他对我的好奇。我就说："你是不是想知道阿姨为什么也站在这里？"

　　他点点头。

　　我说："因为我在等我的女儿放学。"

　　男孩破天荒开口了："我在等我妈妈下班。"

果然是在等妈妈。于是我所有的疑惑都转变成一个问题：他妈妈为什么不拿一把钥匙给他，让他放学后自己开门回家？

　　这个问题，我没有直接问男孩。我觉得他也不会轻易说。于是，我继续保留这个好奇，每天下楼和小男孩打照面、打招呼。男孩依然不多话。不知不觉，一个多月过去了。

　　有一天我到楼下，又碰到男孩。他似乎心情很好，看到我时居然喊了句"阿姨好"。我看到，他手里在把玩着什么东西。看到我来，他立刻把手里的东西放进书包。

　　我始终没见过男孩的妈妈，直到三天之后。那天晚上七点多，我到物业管理处缴纳水电费，看到小男孩居然也在那里。他的手被一个瘦得不成样子的中年女人紧紧牵着。她们的旁边，停着一辆破旧但被擦拭得很干净的绿色自行车。

　　我站在一旁听了几分钟，了解了小男孩妈妈站在这里的原因。她在下班路上把手机和家里唯一一把钥匙弄丢了，只得向物业求助。我立刻把手机递过去，她感激地冲我笑了笑。之后，她打了一个电话，出示了自己的身份证，还填写了一个长长的单子。十几分钟过后，瘦小女人终于领到了备用钥匙。

　　她和小男孩都高兴坏了。她要抱男孩上自行车，因为物管处离我们那栋楼有一段距离。男孩却不上，一溜烟跑了，留我们在后面慢慢走。边走边聊中，我得知男孩妈妈在附近一个电子零件厂上班，拿计件工资，工作时间还算自由，可以随时下班。聊了一会儿，我终于有机会问男孩妈妈："你怎么不拿一把钥匙给他，让他放学后自己进门呢？"

她摇摇头，叹了一口气，说："这孩子，不知怎的，别的事儿心都细，就是管不好钥匙。我给过他三把钥匙，但他没几天就弄丢了。这不，今天我丢了最后一把钥匙，幸好物业那里还有备用的，否则不知怎么是好。"

听到这里，我心里咯噔了一下。因为三天前，我看到男孩手里玩着的分明是一把钥匙。这楼里每户大门都是开发商统一安装，所以钥匙大同小异，我认得出那把钥匙就是大门钥匙。我决定当面问问男孩。

第二天傍晚我下楼，刚从梯门一出，男孩就迎了上来。我想问的还没说出口，他就拉起我的手，给我手里塞东西。那是三把钥匙，一模一样的三把钥匙。

小男孩低下头，一口气说完了以下这段话："我妈妈太辛苦了。她给我钥匙，做好饭，让我回家吃完饭等她。可每次我都等睡着了她还没回到家。于是，我就一次一次把钥匙'弄丢'。只有钥匙丢了，妈妈才会想起我没门进，想着下班回家。"

说完这些，他用求助的眼神看着我，然后问我："阿姨，你帮我保管这三把钥匙，然后别告诉我妈妈，行吗？"

手里握着那三把钥匙，我眼眶湿润了。我用力点了点头。我瞬间明白他为什么每天要在一楼大门等妈妈——站在一楼门口，他远远就能看见妈妈骑着那辆绿色自行车朝家赶来！

为了等妈妈，等那一抹绿，男孩已经"丢"了三把钥匙。他可能还会丢第四把、第五把钥匙。以前我一直觉得孩子撒谎不好，但这一次，我决定不帮同为母亲的那个瘦小女人，而与她的儿子一起，一直骗着她。

因为，他等那一抹绿的每时每刻都是甜蜜，都是温情。

流泪的散沫花

平林漠漠

那是一个寻常的秋日，阳光静静地洒在利比亚的边境小镇德希巴。

哈桑老人踉踉跄跄地走出低矮的房门，颤巍巍地走到大门口，青筋暴起的手，缓缓地抚摸着那两枚炮弹壳做的花盆，微眯着眼睛，看着里面栽种的三株散沫花。似乎那美丽的花瓣，正散着美妙的香味。

那炮弹壳是儿子德萨四年前从山谷里捡回来的，散沫花也是他亲手栽下的。那年，他刚刚十五岁，长得黑瘦，还有些木讷。但是，哈桑记得德萨说过，散沫花又叫指甲花，花和果实都是上好的染料，他还说等花开了，先给母亲的指甲染漂亮了。

哈桑开心地笑了，她知道儿子会做得很棒，尽管儿子的音容笑貌，在她最清晰的记忆中，永远地停留在了他三岁时，她的双眼什么都看不见了，她在黑暗中已摸索了十二年，因为白内障。

她没想到，德萨把散沫花栽下没多久，便在一个雨夜，被一伙拿枪的人连哄带吓地带走了，从此再没回来。在她心中，德萨还是一个需要她照顾的孩子呢。

散沫花开出了淡淡的小花。德萨托人捎信回来，说他加入了一支为和平而战的队伍，说他现在能吃饱饭了，还胖了一点儿，叫她不用牵挂他，只管在家里安心地等他回来。

儿子信里说的很多话，哈桑不明白，因为那些话像广播里说的那么冠冕堂皇。她清楚，儿子的智商明显地低于同龄的孩子，他学说话晚，10岁才去学校，但只念了两个月的书，因受不了小朋友的嘲笑，加上家里又没钱，他就辍学回家了。那信是别人代写的，有些句子，她得慢慢咀嚼，才能似懂非懂。所以，她恳请邻居替她将那封信念了一遍又一遍，才宝贝似的将它塞到床底下。

德萨走后，哈桑经常失眠。聪明、健康的孩子出去当兵，家长都要牵挂，何况儿子还是那个样子。只是，她不能把担心说出来，她还要骄傲地告诉邻里乡亲，她的儿子自立了。

那天，哈桑对着散沫花又说起了心里话。自从德萨离开家以后，她就习惯了和散沫花说话，似乎它们懂得她的心思，能够看得到她的喜怒哀乐，尽管它们始终默默无语。而她，更懂得它们的心思，她与它们可以无话不说。

其实，家里还有一个叫阿莎的女儿。只是阿莎先天痴呆，比德萨还大两岁，却一直需要她照顾。德萨在家时，哈桑可以轻松一些，他一离开，阿莎频频惹祸，先是被热水烫伤了大腿，无钱医治，变成了一个瘸子。接着，她又玩火，把家里的草房点着了，差一点儿把母女二人活活烧死。

最令哈桑难过的，是在她午睡时，阿莎淘气地将三株开得正盛的散沫花全从炮弹壳里薅出来，将它们摊在阳光里曝晒。

待哈桑发现，她赶紧将它们重新栽回去，她还新填了些沙土，浇了水，心里默默地祈祷上苍，让它们重新活过来。

那天，哈桑第一次狠狠地打了女儿两巴掌。打完了，她便抱着女儿一起不停地流泪。

还好，在她精心呵护下，那一株已发蔫的散沫花，又恢复了生机。

哈桑忐忑不安的是，德萨的信断了快两年了。儿子最后一封信里，说他奉命去执行一项重要任务，如果有机会路过家门，他一定回家看看母亲，看看自己栽的散沫花长多高了，开的花多不多。他还说，他回家要做的第一件事，就是给母亲染指甲。

哈桑相信儿子的话，更相信自己涂了散沫花的十指，一定会很漂亮。独自的时候，她就幸福地想象着那个甜蜜的时刻——德萨怎样细心地给她涂指甲，自己又怎么用那漂亮的十指，温柔地抚摸着德萨和阿莎那泛黄、鬈曲的头发，再把他们一一地搂在怀里，听着他们年轻的心跳，嗅他们身上各种好闻的味道，汗味、草味、沙土味……

十年前，她差一点儿随丈夫一同在那场车祸中离开人世。她本来已被放进棺木里了，可固执的德萨哭叫着不让下葬，或许是他太想留住母亲了，不相信她会撇下他和姐姐。而奇迹，真的就发生了，就像那晒蔫的散沫花，昏睡了一整天后，她竟又活了过来。

有人感叹哈桑的命真大，她却轻描淡写道："我是母亲，还有两个需要照顾的孩子，单是为了孩子，我就得努力地活长一点儿……"

尽管医生早就宣布她患了严重的心脏病，需要住院治疗。可是，生活始终拮据的她，只是服用过一点点廉价的草药，从未到医院住过一天。她曾两次突然晕倒，不省人事，最终却顽强地从死神那里挣脱出来。

她笑呵呵地告诉邻里，她还不能死，她还得等着儿子回来给她涂指甲，还要帮他娶媳妇，何况女儿也离不开她啊……

然而，她最终没能等到儿子回来。那天，她像往常一样，慢慢地采着散沫花。忽然，她眼前一黑，便一头栽倒在地上。这一次，她没能奇迹般地苏醒过来。

哈桑不知道，一年前，德萨就在执行任务中遇难了。

但愿，在另一个世界里，她能够遇见朝思暮想的儿子，欣然地将捧在手里的散沫花瓣递给他，微笑着摊开双手，慈爱地望着这个四岁才开口喊妈妈的儿子，看着他将自己的十指涂得漂漂亮亮……

在利比亚的很多地方，都能见到美丽的散沫花。可是，我却愿意将那一株散沫花叫母亲花。听到去利比亚旅游的朋友，向我讲了哈桑老人的故事后，我立刻有了这样的命名冲动。我相信，天堂里的德萨会同意的，人间的阿莎也会同意的。

我家最富有的时候

刘艳杰

我家最富有的时候，是母亲出外拾荒的那五年。

1999年秋，父亲猝然离世，家里的重担落在母亲一个人的肩膀上。母亲简单地料理完父亲的丧事后，没几日，我接到河南师范大学的录取通知书。记得我上学的前天晚上，母亲一夜没合眼，第二天，给我凑足四千块钱学费。我接过钱，没敢瞅母亲一眼，低着头，嗫嚅着说："娘……你……"母亲说："家里的事情你甭操心，有娘在呢，只管把书念好，毕业了找份工作，有个窝儿，成个家，娘就安心了。"

母亲去了亳州拾荒。

大一那年暑假，我去了趟亳州。母亲住在一间简易房里，泥土垒的砖墙，石棉瓦铺的房顶，四面透光。一辆褪了颜色的脚蹬拉车，横靠在屋门左侧，右侧堆积着还没来得及卖掉的五颜六色的破烂。走进屋，一张木床占据了大半空间。木床一头，蹲着一口铁桶糊的锅灶，旁边的墙壁上留有一个半尺见方的窟窿，里面放着碗、筷子以及油盐酱醋瓶。"娘，你咋住在这个地方？""傻孩子，娘住这房子咋啦？一个月才30块钱，在外讲啥，能有个睡的地方就不错了。"光天化日之下，我学着母亲，目光游弋在路边的站台、垃圾桶及人群聚集的地方。我弯腰捡易拉罐，抬头的瞬间，我的脸灼人的烫——大学里同系的一位女孩无意间发现了我。母亲看了看女孩，瞅了瞅我，似乎察觉到我的窘相，忙用身体遮挡女孩的目光。

女孩躲过母亲的身体，好奇地和我搭讪："你怎么在这儿呀？她，她是……"我语塞："我……我……"母亲赶快打圆场，微笑着说："姑娘，他在做好事呢，我和他刚认识不久。"女孩"哦"了一声："原来是这样呀。"我承受不了母亲为我编造的美丽的谎言，直言不讳地对女孩说："不，她是我娘！出来拾荒一年了。"

母亲带我转悠几条街，便把拉车停在一家小区的门前，让我守候。

母亲一手提一个蛇皮袋，一手攥把镰刀，伸头向小区张望一下，便走了进去。母亲来到楼下的垃圾池边，费力跳进去，然后用镰刀拨弄、扒拉臭气熏天的垃圾。半个时辰后，母亲满脸笑意地向我走来。这时，一名保安倏地截住母亲的去路，呵斥道："把你袋子里的东西倒出来！"母亲吓得半弯着腰，抬头仰视保安，迎笑道："这是……我……我捡的。"

保安面部狰狞地吼道："我们小区里的破烂有专人捡，懂吗？乡巴佬儿！"保安一把抢过母亲的蛇皮袋子，拎住袋子的底角，往上猛提，再使劲左右摇晃，袋子里的破烂呼啦啦掉了一地。母亲眼巴巴地看着自己辛苦捡来的宝贝，被保安倒了一地，一步三回头离开了小区。

回到租住的地方，母亲似乎忘记了刚才委屈的一幕。我心情沉重地说："娘，你经常碰到这种事情吗？"母亲笑着说："出门在外就这样，哪有事事顺心呢？什么人的脸色都得看，不过还是好人多啊。"

我深信母亲的话。

这天，我和母亲起得很早，每人吃了一个馍，喝一碗稀饭就出发了。巧了，有一户搬迁人家让我们帮他收拾清理出来的垃圾。我和母亲捡得满头大汗，瓶子罐子纸箱子叮叮咣咣地堆满一拉车。阳光下，母亲伸出三个手指头向我示意，我知道母亲的意思——今天可以确保30块钱收入。我只顾卖力往前蹬车，母亲突然喊住我说："停！"

哦，原来到了横在马路上的一道斜坡前。母亲把我替换下来，弓着脊梁往前蹬，我在车后用力推。当拉车即将越过一个斜坡时，着了魔似的不动了，我不敢掉以轻心，稍有意外，可能造成翻车的危险。

我和母亲与车僵持一分多钟，这时拉车后面突然出现一位中年人。中年人弓着腰，口中喊着"一、二、三，使劲儿"，在中年人的帮助下，拉车终于越过了斜坡。我和母亲慌着给中年人道谢。中年人紧紧握住母亲脏兮兮的手说："不用谢，大姐，你是最富有的。"中年人又拍了拍我的肩膀说："小伙子，你是好样的。"中年人跟我和母亲摆摆手，回头进了宝马车……

大学毕业那年，我有了女朋友，女朋友是我第一次帮母亲拾荒时发现我的那位女孩。一年后，我被免试进入一家大型企业做项目主管，这家企业的老总是当年帮母亲推车的那位中年人。母亲得知这个消息的时候，激动得放下手中的瓶子，感叹说："出来拾荒这几年，总算熬出头了。"

夕阳余晖下，母亲核桃壳似的脸上，泪水肆意流淌……

母爱慧心

马孝军

他先是瞎了，厄运再次降临，他又失语了。

这一年他十岁，十岁的他，他把自己关在屋里，他怕出门，眼不能看，嘴不能说，要是找不着路回来了可怎么办？

见他一整天里把自己关在屋子里病恹恹的，妈妈就给他说："小华，出去走走啊，走走好，外面的空气好。"

他用手给妈妈比划："妈妈，我怕丢呀，我怕一下子找不着家的无边的黑暗。"

妈妈明白了他的意思，她先是一阵地抹泪，然后就给他说，"孩子，你大胆地走出去吧，在你迷路或者丢失了的时候，妈妈随时都会飞到你身边来。"

他不相信，妈妈就给他说："孩子，你说妈妈会谎你吗？妈妈怎么舍得拿你来开玩笑呀，你是妈妈最亲最亲的人呢！"

想起妈妈在他残疾后对他的那些个爱，他相信了妈妈，也许妈妈真有特异功能呢，能在他最需要的时候飞到他身边来呢。

他就大着胆地出门了。

他根据眼睛没瞎时的依稀记忆摸到了公园里。站在公园里，芬芳的花香，啾啾的鸟鸣，他一下子觉得心胸舒服了很多，唉，自从眼睛瞎后，可没好好地这样享受了！

回来的时候，他迷路了。

他感觉到无边的黑暗向他袭来，他急得额上沁满了汗珠。

一个他觉到像叔叔的人给他说："小孩，你别急呀，你等一小会儿，一小会儿，你的妈妈就会来接你啊。"

只能等了，也只能等妈妈飞来了，他心里充满了期望。他睁着看不见的眼睛，他四处转望，他不知道妈妈会从哪一个方向向他飞来。

"孩子，妈妈说得没错吧。"大约十多分钟过去的时候，妈妈果真"飞"到了他身边。

以后，他就走得更远，反正有个会"飞"的妈妈，她能在他最需要的时候准时飞到他身边来！

他的心情因此变得开朗。他参加了盲文学习班，系统地学习了盲文，半年过去，他都能利用盲文写作文了。

妈妈鼓励他参加了更多的活动，譬如盲人足球，哑人投掷。这些活动，让他生活充满色彩起来，他突然明白，原来失却了眼睛和发声，并不意味着人生都全部失却了。

后来，他取得了成功，年纪轻轻的他就写出了好几部畅销书，还参加了一些残疾人体育比赛，并且获得了不错的名次。

他站在领奖台上，有记者采访他："你如此重度残疾，却对生活充满了信心，请问你是如何走出黑暗的？"

他打着手势，翻译的人就给翻译出来了："是因为我妈妈，是因为我有一个会飞的妈妈，她给了我远行的力量，是她让我走得更远。"

他的妈妈，他的那个鬓角也有几许白发的妈妈被请到了领奖台上。

妈妈略带羞涩地一笑："我哪会飞呢？我只是在他背上贴了张纸条，那张纸条告诉好心的人们，请人们记得在这孩子迷路的时候，打一下我家的电话。"

台下，顿时响起雷鸣般的掌声，为这母爱的慧心……

永远荒凉，如同孤岛

凉月满天

电视上正有一个年少被卖的女人哭诉悲惨遭遇，在夫家吃不饱，丈夫老打她。她酱紫色的脸，宽广高大的额，看着像一个四十多岁的粗朴农妇。说实话，同情是同情的，可是在一个看脸的世界里，若是换成二十来岁楚楚动人的少妇，我的同情会更浓。

主持人问她有什么心愿，她说："我想找妈妈。"

我的心像被大锤痛揍了一下。人家不但是两个孩子的妈，也曾经是一个有妈疼，希望以后继续被妈疼的娃。"妈妈"这两个字，究竟有什么样的魔力，竟让这个农妇变得柔弱、可爱，想让人放在手心，好好疼一下。

又是一年高考季，我开始想念母亲的饺子。二十多年前的中考和高考比现在还不容易，我却是中考一次考过，高考也是一次考过。每每提到此事，我娘就会趾高气扬地说："我给你吃了饺子，不过咋着？"也不知道她是从哪儿听来的科学道理，说是吃饺子能够考试顺利，所以我中考的那天，她天不亮就爬起来给我包饺子。韭菜鸡蛋馅的，韭菜剁得碎碎的，拌上炒熟的鸡蛋，包成一寸来大的小饺儿，嘴大的人吃不着馅。让我吃得饱饱的进考场，然后我就在考语文的时候睡着了——天气太热，肚皮又太饱。居然这样都能成为我们乡中学唯一一名考上县重点高中的应届生。高考前夕，她坐着公交车——当年那种老式的破汽车，屁股后头冒黑烟，颠颠簸簸地行进在坑坑洼洼的乡村柏油路上，车里汽油味儿乱冒，又时不时随着路面的节奏扭扭跳跳，把她颠得七荤八素的，她仍然端着两碗饺子来了——还是韭菜鸡蛋馅的。也是不知道从哪儿听来的说法：一定要吃韭菜馅的饺子，才能考得好。还是一寸来大的小饺儿，我紧张得肚子痛，吃不下，看着她满头大汗，晕车吐得脸蜡黄，又不能不吃，咬着牙都给吃了。她心满意足地又坐公交车回去了，回到家胆汁都吐出来了：结果我又考上了。那年不知道什么原因，高校普遍缩招，分数线上提，我成绩平时在班里并不算好，居然也考上了一个专科。我娘老自豪了，以至于我当上老师，也开始送毕业生的时候，她还跑到我的宿舍里包饺子，要给我的学生们吃，一边传授经验：一定要吃韭菜饺子啊，肯定能考上学！

如今我开着车载着她走在乡间公路上，一路走一路问她："晕不晕？晕不晕？"她坐在前排，很自豪地说："不晕。"她晕车晕怕了，我怕她晕车也怕疼了。车也是在她的建议下买的，她说："丫头你都四十多岁了，还想奔多大个家业？省着钱干什么？买辆车开吧。"于是我才下决心买了。为了载着她到处走一走、逛一逛，我这个二百五十级的路痴居然也学会了开车。坐在自家女儿开的车里，她觉得自豪极了。

这次是载她去邻县参加一个亲戚的葬礼，那边的葬礼也要招待来宾吃饭。开席之前，每人上一碗面条。她坐我对面，隔老远地把胳膊伸得老长，把她碗里做卤用的蒜苔丁往我碗里拨，一边拨一边念叨："丫头爱吃青菜。"别人都看着她，也都看看我，我的鬓发都白了，她也七十多岁了。我把碗里的青菜丁都挑拣着吃完了，她看着我碗里吃不完的面，又跟别人解释："她不爱吃面。"过一会儿席面菜上来，鸡鸭鱼肉都有，她眼巴巴看着，过一会儿人家给端上来一盘炒葫芦，她端起来就要往我面前送，送到一半又端回去了，说："你不爱吃葫芦。"我噗地一笑："娘你还记得我不爱吃葫芦。"她点点头："不吃葫芦，不吃茴香，不吃冬瓜。"

——我自己都忘了。我跟生活讲和了，除了茴香仍旧是我惹不起，别的都能下箸了，她却犹然记得我当初的刁嘴头。

我跟她也讲和了。当初我们两个脾气锋芒，丁丁当当，在一起就火花四溅，我只恨不能肋生双翅，随风飞到天尽头。两次大考，都是我跟她生着气，她一大早起来给我包的饺子。

夜来睡不着觉，想一个问题：这个世界上，到底什么最重要。

在没有很多钱的时候，觉得钱真重要，太重要了。其实我现在也没有很多的钱，也只是能顾得衣食罢了，就觉得钱这个东西，到这个地步也就可以了。我野心不大，愿望不多。到最后守着一堆股票债券金条宝钞，身边一个人也没有，才是真荒凉呢。

不是身边一个人也没有，而是心里一个人也没有，你不知道该想念谁，也不知道该挂念谁。这个时候，是荒凉的。

　　但也不是最荒凉。别人的心里没有你，谁也不想念你，不记挂你，整个世界人潮汹汹，左牵右连，只有你是独独的一个，身处孤岛。就算这个岛是金子打成的，又有什么用呢？

　　如果你真觉得钱是这个世界最重要的，恭喜你，那是因为你缺的只是钱，而不是别的什么。当你咬牙切齿地痛恨自己怎么还没有发财的时候，你还有爹疼妈爱着，有兄弟姐妹牵挂着，有恋人爱人陪伴着，只不过你感觉不到罢了。人只感觉自己缺少的东西，不缺少的东西永远是视而不见的。当你真觉得钱算什么，父母的爱才是最重要的，亲人朋友的关怀才是最重要的，这个时候，你往往是已经丢失了最重要的东西，甚至想拾都拾不回来了：就像我，我还想父亲像以前那样疼我，爱我，顾惜我，包容我，可是他病瘫在床，已经痴呆，不认识我了；我还想让母亲像以前那样烈火性子地骂我，这样起码证明她健康啊，能长命百岁，可是她有严重的心脏病，得要我哄着罩着。不定什么时候，我就成孤儿了。

　　我大了，他们老了，我是女儿的妈妈，我也是父母的妈妈了。可是我还没有准备好呢，光阴老得也忒快了。

　　换台，又看见一个青春期的小孩痛诉爸爸妈妈不讲理，自己想学电脑网络专业，父母一定要让自己学汽修。父母说："我们是怕他又沉迷网络，不好好学习。"他言辞激烈地反驳："才不是，你们就是看着学汽修挣钱多！你们把我当挣钱机器！"看着他愤恨的表情，我不厚道地想：当你不再这么痛恨你父母的时候，希望你父母还在，你还是被他们强硬照顾的小孩。而不是像我似的，甚至还不如我：父母都已经不在了，你的心里有一块地方，永远荒凉，如同孤岛。

女儿枕

闫荣霞

母亲抱过来一个枕头，说：给你枕。

我接过来细看，然后大笑。

这枕头，拳头大的蓝圆顶，用数十年前流行的女红工艺"拉锁子"，各勾勒了两片南瓜叶，一朵五瓣花，三根卷须子。蓝顶周围又镶了一圈四指宽的果绿布。大红绒布为身，红布身和绿枕顶接壤的地带，又一头用两块小小的菱形花布缝上去做装饰。整个枕头，两头粗，中间细，娇俏，喜庆，憨态可掬，像个小胖美人掐着小腰肢。

我娘的手极巧，她是飞翔在柳润烟浓土膏肥沃的农耕时代的一只红嘴绿鹦哥，若是出身富贵，那便是整日不出绣楼，绣香袋、描鞋样、给哥哥兄弟做丝绫覆面的鞋；即使出身寒门，纳鞋底啦、绣花啦、用高粱秆做盖帘啦、给小娃娃做老头虎鞋啦，没有不拿得起放得下。

一边纳着鞋底、绣着花，一边入神地哼哼唱唱。那一刻，她忘了囤里没有余粮，炕席底下没有余钱，将近年关，大人娃娃的新衣裳尚且远在天边，猪肉也没得一斤。好像用一根银针穿上五彩丝线，便能够绣出一个明丽如绸的春天。而我那经常被心烦的她呵骂的惊惶的心也踏实下来，无比安定，守在她的身边，像一只猫咪晒着太阳卧在花丛。

今天在家，渐觉烟气笼人，呛咳流泪，"喀嗒"一声门响，母亲从她的卧室里冲出来，连声地说："坏了坏了！"

不用她说我也知道坏了。

出去看，她又在熬花椒水！又忘了关火！

昨天夜里她熬花椒水熬到干汤，幸亏我先生凑巧进厨房，替她把火关上。看着今天又被烧得通红的铁锅，我摁着疼痛的颈椎，口气怎么也轻松不起来："花椒水这种东西，本来就是可用可不用，以后把这道工序省了！不要再熬了！"

过一会儿我又问："你熬花椒水干吗？"她看了我一眼，说："我想给你做臭豆腐……"

那一眼让我的心霎时间如同刀剜——她那张皱纹纵横的老脸上，是满满的羞惭。

什么时候，她这么老了？从我记事起，她的两颊就酡红平展，像枚光壳的鸡蛋。可是现在她脸色灰黄枯干，脸上是纵横的沟壑，嘴巴可笑地向里瘪着——安了假牙后特有的情状———副老婆婆相。

她的人生已经结束了征战，她拱手让出生活的所有大权。只保留一点儿根据地小如鸡蛋，在这个鸡蛋壳里竭尽全力做道场。我每天都能享受到"亲娘牌"的丰盛午餐：

一盆腌酸菜，一盘素菜饺，一碗盐腌的白菜根，一碗面片汤——面片是她亲手擀的，辣椒油和蒜瓣炝锅，冰雪寒天，喝上一碗，浑身都暖；一盘豆面儿和小米面混蒸的窝窝头，她亲手蒸的；麻花——她亲自和面，亲自放上黑糖，亲手炸的。样样都是我爱吃的。若不是熬花椒水熬出祸来，过两天，我就能吃上最爱的臭豆腐了。

外面觥筹交错，不抵娘熬的一碗薄粥。

外面山珍海味，不抵娘蒸的一个窝窝头。

可是今天熬花椒水被我禁止，明年，谁知道又会以衰老为由，禁止她的什么技能？我享受娘饭的机会，就像拿在手头的钞票，只能是越花越少，越花越少。

可是我的娘啊你又为什么羞惭？

你觉得你的衰老是可耻的，你的无力让你无能为力，可是你的面前是你亲生亲养的女儿，你情不自禁露出的惭色，是对我的鞭挞和斥责。

一会儿她把注意力转到我脖子上面，试探地揉一下："疼啊？"

我不在意地说："没事，老毛病。"

"哦。"她转身进了自己的房间。

我吃饭，午休，午休完毕起来做事，一气埋头到傍晚。她进来了，抱着这个枕头，说：给你枕。

我抱着它，又笑又疼。天知道她怎么戴着老花镜，拈着绣花针，针走线缔，做这项对于七十岁的老人来说十分浩大的工程？

我娘没学过历史，也没见过"孩儿枕"，不知道有个瓷做的小孩儿，跷着小光脚，洼着小腰，趴在那里眯眯笑；她只是福至心灵，专给我这个四十岁的老姑娘做了一个"女儿枕"。我决定不用它睡觉，要安放茶室，当成清供，明黄的榻上它安详横陈，如同青花瓷盆里水浸白石，九子兰生长娉婷。

可是她说："要天天枕着睡觉啊，治颈椎病。"

暮色四合，一室俱静。

我搂着枕头，像搂着一笔横财。

我在远远地看着你

西 风

一个男孩子，桀骜得像刺猬身上长的刺。他正读高中，却要玩乐队。妈妈说不许，我不想看见一个不务正业的小瘪三，你给我好好考大学，不然就滚出去。

于是，他就背着一把吉他滚了。

两年时间，他的乐队从艰难地崛起，到震撼地亮相，最后，随着主唱被猎头公司挖走演电影，这个组合风流星散。

"回家吧。"爸爸出现在他面前。

身上的刺再坚硬，也硬不过现实那身坚硬的铁甲。他垂头丧气地回了家，继续背起书包读高中，然后考大学。

他的大学生活很刻苦，比高中还刻苦。明明不是英语专业，却过了英语专业的八级，达到了翻译的二级，他心里想的是，好好学，将来风光到国外，继续弹吉他……

当然吉他是没有再弹成了，现实总归是现实嘛。不过他倒真的出了国，几年后娶了个洋妞回来。

哦，忘了说，从他重读高中起，就没有再和妈妈说过一句话。

大学四年，一次家也没回。

他读书的费用一半是靠奖学金，一半是当家教和做翻译。

这次带着洋媳妇回家，在飞机上，他的心里一直在恨恨地念：让你小看我，让你看看我是不是小瘪三！

可以想见，回到家的气氛有多冷硬和尴尬。所幸这个外国媳妇一上来就给公婆一个大大的拥抱，生硬地叫："爸，妈。"

妈妈的眼泪一下子就下来了。

他们回待了十天，一直住在离家一步之遥的宾馆。他假装看不见爸爸失落的笑脸和妈妈那说不清什么滋味的眼神。

直到他们要走时，妈妈在爸爸的陪同下敲开他们宾馆房间的门。

她的手里拿着一张银行卡，卡上是给他存的钱，每个学期的学费，每个月的零用，都包括在里面，甚至数目精确到了要让他买两双运动鞋，两双皮鞋，二十双男士线袜……他不肯要这钱，爸爸说你要再不拿着我就大巴掌扇你。你知道为什么你能够在辍学两年后又轻易读了原来那所有名的高中吗？那是你妈妈使尽浑身解数，拼命替你保留了学籍，怕你在乐队散了后没地方去……你没要过妈妈一分钱，是，可是你妈妈却一直在想象中拿你当真正需要妈妈来养的儿子来养。

他愤怒地说：那你知道我当初有多难吗？我带家教，死小孩欺负我是大一的新生，我老被他捉弄；那个翻译的活儿干得我都要吐了，才给一点点钱。为什么她当时不肯给我一点点温暖？

妈妈说："其实，你上大学四年，买了几件新衣服、交了几个好朋友我都知道……妈妈一直在远远地看着你……"

他的泪下来了，又转身抹去，然后拿出一个东西："这是给你的。"也是一张银行卡，上面按月存钱，自从大学毕业，一个月都不曾缺。"我也很多次回来，躲在一个地方，看着你进门出门。你还记得吗？有一次，你在家门口跌了一跤，一个男孩跑过来扶你进家，替你打电话给爸爸，又给你拿冰块敷肿起来的脚踝？那是我的同学，和我一起来的，我求他替我照顾你。我也在远远地看着你……"

这样一对脾气同样死臭死硬的母子，时隔多年终于还是拥抱在一起。

原来，亲情就是这样一种东西：哪怕再痛恨，再疏离，在你不知道的地方，我也一直在远远地看着你。

偏心妈妈

许冬林

很小的时候，我就知道，天下的妈妈，都是自私的。

我妈一辈子喜欢赌，当然是赌些小钱了。我长到十几岁之后，像只耀武扬威的小公鸡，开始管事了。其实，就是管我妈赌钱。

三缺一啊，大妈在门口招手。

我就在家里放脸子，说话好大声。到黄昏，估计牌局要散了，赶紧跑去数我妈手边的扑克和蚕豆，那是筹码。一旦发现比别人的少，就回家到爸爸面前报告，大肆渲染：妈妈又输啦！我爸就会阴沉着脸，于是我也配合我爸的表情，阴沉着脸。

我妈腹背受敌，依然屡教不改。她那里，是永远三缺一，所以，她永远要补进去，成全人家。

我想，只能寄希望我外婆了。所以外婆每来我家，我就列数我妈十大罪状，给外婆听，拉她出面惩治我妈。

我外婆就叹息说，唉，你妈这么好赌呢！她先前不是这样的！

我以为我外婆接下来会张弓搭箭，跟我合谋好治我妈的锦囊妙计，结果，我外婆嘴巴三绕两绕的，绕到我头上来了。

"阿晴啊，"外婆叫我的小名，继续说，"听你妈说，你不怎么听话，还经常跟你妈吵嘴。你不能啊，女儿应该听妈的话。"

切，没想到我妈先下手了！我的状还没告，她倒先跟她妈数落我的不是了！

我跟外婆说："我是听话的，我好好读书，每学期都拿奖状。是她天天赌，还不让我爸管。她怎么不听你话呢？"

我外婆就又温柔地叹息，好像我们深恶痛疾的赌钱在她眼里，根本不能称为缺点。

外婆说："你妈啊，老大，从小被宠，所以脾气犟，你要让让她……"

太不公平了！您老怎么不叫您女儿让我？我也是老大呢！

我自此知道，我外婆，永远是偏心向着我妈，连我这样嫡亲的外孙女都不可冒犯她女儿。

我自此，再不向我外婆报告我妈的罪状。天下的妈妈，都是自私的，最爱的人，永远是一代产品。后面升级的二代产品，只当玩具一般喜欢着，一旦涉及到原则问题，她们还是退后抱紧她们自己制造的一代产品。

后来，我长大了，我原谅了这些做妈妈的偏心人。

从北京回来，我给我妈买了双绣花的老北京布鞋，送给她，嘱她秋天就穿上，别留着。第二年春天，去看外婆，结果看见那双绣花鞋穿在了外婆的脚上。外婆一派心安理得的样子，毫无霸占我妈鞋子的不安。

回来后，我问我妈："你怎么把鞋子给外婆了？是我送给你的啊！我以为鞋子太花，外婆不敢穿呢，所以没给外婆买。"

我妈说:"她穿,她喜欢得很。"

我妈比我更懂外婆。当然了,她是她女儿。

一双绣花鞋,我送给我妈,我妈送给她妈。

至于其他吃的用的,芝麻糊啦,蜂蜜啦,围巾啦,毛衣啦,我送我妈妈的,结果都是转移到我外婆那里。除非是保证每件都是双份,并且是同时送出。

我看着我买的那些东西,最后都是外婆笑纳,常常一瞬间恍惚:这一对母女,到底谁是我妈?

每去外婆家,临走会塞一点儿钱给她。人老了,就像小孩,特别喜欢钱,也喜欢别人拿钱给她。

慢慢,外婆就攒了一些钱,留下零头去超市买零食,整的就悄悄给我妈,让我妈帮她存起来。四个舅舅,谁会占她那一点儿零花钱呢!可是,她就信任女儿。

我妈揣了我外婆的私房钱,到我家,又偷偷塞给我。然后,从自己的另一个口袋里再掏出来一些票子,搭在外婆的钱上,凑个大数字,托我给她们母女存起来。

真有趣,好像绕口令一样,这人世间的一对对母女。

2013年夏,外婆昏迷了一个星期之后,走了。我妈伏在水晶棺边哭,我看着我妈哭,泪水也下来了。外婆很老了,可以走了,我只是舍不得我妈哭。

我的妈妈,在2013年夏,失去了大靠山,失去了永远维护她的人,失去了她唯一的妈妈。

还好,我的妈妈,还在。

我以后不欺负她了。

一滴泪掉下来要多久

顾晓蕊

那是一个深秋的早晨，天刚微亮，薄雾还挂在树梢上，我坐车前往山村学校支教。车在九曲十八弯的山路上盘旋，直到日影西斜，来到位于大山深处的一所中学。

看到四面漏风的校舍，我心里一阵酸楚，决意留下来，把梦想的种子播到孩子的心田。事实上，远没有想象的那么简单，有个叫李想的孩子，就是让我头疼的学生。

我在讲台上念课文，抬头见他两眼走神，心早飞到爪哇国去了。我的火气腾地冒上来，大声说："李想，我刚才读到哪儿了？"

同桌用胳膊捅了捅他，他这才醒觉过来，挠挠头说："读的什么？没听到啊。"班上学生哄堂大笑。

我气得不知说什么好，示意他坐下，告诉他认真听讲。这样的事情反复多次，成绩自然好不了。他还和别人打架，黝黑的脸上挂了彩，问是怎么回事，他不肯说。

有一回，我看到几个孩子围着他挥拳乱打，边打边说："不信你不哭。"泪水在眼眶里晃，他昂着头，愣是不让它落下来。我大喝道："为什么打人？"他们撒腿跑了，像一群小马驹似的，转眼没了踪影。

我走上前，想说些什么。他看了我一眼，转过身，歪歪跌跌地走了。我心里觉得难过，他到底是怎么了？他的童真哪里去了？

有个周末，我到他家里走访。到那儿一看，我鼻子酸了，破旧的土坯房，屋内光线昏沉。原来，他父母外出打工，家里只有他和爷爷。

"他父母出去多久了？经常回来吗？"我问。

老人叹气说："他爹娘走了五年，很少回来。刚开始那会儿，他想起来就哭，躺地上打滚儿，谁也哄不住。连哭了几个月，眼泪都流干了……"

校园里再见到他，他仍旧上课走神，我却不敢与他的目光对视。那目光望也望不到底，透着阵阵寒气，充满稚气的脸上有着与年龄不相称的忧郁和漠然。

就这样又过了几个月，有一天，听说他的父母回来了，还受了些伤。

事情大致是这样：他的父母坐车回家，赶上下雨，山路湿滑，车翻进了沟里。幸好只是些外伤，他们在医院住了几天，包了些药，打车赶回了家。

我想去他家看看，路上，听见村民在议论："爹娘出去这么久，回来伤成那样，这孩子跟没事人似的。"作为老师，我的心像被什么东西揪了一下，有一种深深的挫败感。

走到院里，爷爷正冲他发脾气："你这孩子，心咋就那么硬呢？看到爹娘遭了罪，连滴眼泪都没流……"话未说完，便听到一声剧烈的咳嗽声。

　　他倚着门框站着，默不作声。父亲接过话说："我们出去这些年，他感觉生疏了，这也怨不得孩子。"

　　母亲走过来，搂着他的肩说："这次出事后，我和你爹也想了，回头包片果园，不出去打工了。"他低下头，一颗亮晶晶的泪珠，滚落了下来。刚开始是小声啜泣，到后来变成了号啕大哭。

　　我忽然懂得，这些年来他有多孤单，有多悲伤。所谓的坚强，是因为没有一个能让他依靠着哭泣的肩膀。我眼眶全湿，悄悄地离开了。

　　第二天上语文课，他坐得直直的，听得很认真。下午是体育课，他跟别的孩子在草地上嘻嘻哈哈地玩闹。金色的阳光倾洒下来，他的脸上焕发着光彩，整个人都明亮了起来。

　　他沿着操场奔跑，轻盈得像一阵风。有同学喊："李想，你的衣服脏了，后面好几道黑印子。"他头也不回地说："俺娘……会洗的。""娘"这个字拖得老长，喊得格外响。

　　我不知道一滴泪掉下来之前，在他心里奔涌了多久。但我明白从现在开始，一个美丽的生命，如含苞待放的花蕾，又变得鲜活生动起来。

第二辑

父亲在，不敢老

"山前山后是青草，尽日出门还掩门。每思骨肉在天畔，来看野翁怜子孙。"不是只有女人晓得柔情，男人做了父亲，一样揣了满怀的如水柔情，只是他不愿教你看见，所以常常硬要绷着一个脸，动不动就要教育你。谁知道他在心里偷偷回忆过多少次你初降人世时的小脸蛋，又偷偷握过多少次你的莹白柔嫩的小手。他爱你，爱到世界都想交给你；他爱你，爱到不肯纵容你。

那些年，我做了偷爹贼

胡 识

　　我到家的那个上午，家里空荡荡的。只有瘦骨嶙峋的爷爷躺在椅子上晒着太阳养病，旁边是一只装满脏衣服的水桶。"爷爷，我爸妈呢？"我问。爷爷慢慢地睁开眼睛轻声细语地说："哦，你回来了，你爸妈一大早就出去下地了，好十几亩田呢。""十几亩田？爸妈越来越老，为何种的田却越来越多？"我注视着水桶，像纳闷的公鸡盯着喇叭花一样。

　　喇叭花是一种开在泡桐树上的有着喇叭形状的白色花朵，每年春耕时期，落地的一片白总会洗劫我家的院子。

　　记得小时候，我常常会为抢一朵精致的喇叭花而和弟弟大展拳脚。那时，母亲便会举起扫帚追打着我说："你怎么当哥哥的，你吃点亏会死啊？"

　　"嗯，就是因为会死嘛！"

　　"还嘴硬，罚你把今天的衣服都洗了！"母亲丢下扫帚，便把满满的一桶衣服塞进我的怀里。

　　"洗就洗，谁怕谁！"说完，我就捧着水桶摇摇晃晃地朝屋后的池塘走去。

　　因为那时家里的劳务多而繁杂，所以每次我做错了事，母亲便会罚我做洗衣服、烧菜、下田种地之类的农活。对于母亲的那些刑具，我是比较麻木于洗衣服的，尤其是洗父亲的衣服。因为父亲是个粗心大意的农村汉子，对于身上的零钱从来只主张搜了左口袋而不摸右口袋的。所以每次洗到父亲的衣服时，我总会偷得一些外快。

可洗衣服的"惩罚"终究滋生了我的贪念。从那以后我总会狡猾地想着怎样才能把父亲口袋里更多的钱占为己有。最终我采取的办法是偷钱，也叫做偷爹。

凭着我每天起床比父亲要早的优势，我便拿着扫帚走进父亲的房间里，装模作样地扫地。当接触到放在凳子上的衣服时，我便会以惊人的速度把它带到堂前，麻利地翻着父亲的口袋，抽出一两张小面额的纸币或两三个硬币，紧捏在手上。然后又偷偷地跑进房间里，将衣服放在凳子的边沿上，又故意用身子重重地撞击一下凳子，使得衣服落地的声音比较响亮，与此同时将手上的钱扔到凳子底下。再将衣服捡起放回凳子上，离开房间。等父亲离开家后，我便会跑进房间里捡起父亲那没有看见的钱，最后才开心地将它们装进自己的存钱罐里。

每当父母交不起我和弟弟的学费时，我才会可怜巴巴地将自己的存钱罐交到父母手上。那时，父母总睁大着眼睛问我："儿呀！你怎么会有这么多钱啊？我给你的零花钱，你一分都没有花过吗？"我点了点头，将流不出的泪水拼命地往肚子里咽。不久，一阵阵潮热伴我成长到今天。

当我再次木讷地挽着水桶出现在父母的眼前时，我看见有那么一朵喇叭花落在了父亲的帽子上。就像一个顽皮的孩子在不停地敲打着父亲的脑袋说："老爹啊！如果我还想偷你口袋里的钱了，你还会假装不知道吗？你真的不怕把我养成一个贼啊？"

每一份父爱都是
雨落成的河流

后天男孩

    如果是风，有刮的时候，也就有停的时候。而二伯不是风，他不渴望流浪，只懂得东西落下来就得有根，会为云埋头赶路。像飘落的黄叶，走完自己的旅程，等待化身成泥土，再潜心滋养另一个生命。黄泥离不开雨，二伯便喜欢下雨，每当下雨时，二伯就会扛起锄头，雄赳赳气昂昂地跑去山里种地。二伯在雨里埋下种子，种子便会贪婪地吮吸着从二伯脊背里抖落的金津玉液，在山里悄悄长大。二伯背靠种子长成的大树，点一根旱烟，默默地守在孩子回家的必经之路。只可惜这世上的很多棵大树，一旦树冠朝向了城里的方向，就很少有再想长在村庄的了。二伯的大树就是因为这样，才一棵一棵消失，最后剩下的只有二伯，还有他手头上播不完的种子。

    那天我在县城碰到他，他踩着一辆破旧的二八型自行车，头埋得很低，快要贴紧车的扶把。像驼背了的老头，把手放在屋檐下接滴落的雨水，那种突如其来的冰凉与承压感让我感觉到老的不仅仅是雨逐渐变小的时光，更是二伯的身影。他用一张干瘪的脸蛋，枯瘦的手掌支撑着城里孩子的每一份想念。每一份想念，都骨瘦如柴。

堂哥很喜欢吃二伯做的腌菜，但他工作忙，抽不出空回家，每次打电话回来总会叫二伯寄点腌菜过去。二伯是岁月拼成的一台农用机，他挂完电话便麻利地将山里的雪里蕻（一种蔬菜）收回家，反复地洗上好几遍，晾晒，然后用大大小小的陶土罐存封一段时间。等屋内的电话又响了，二伯便会急急忙忙将腌菜装进蛇皮袋，推出他在结婚时买的自行车，载着它往县城快递公司奔跑。

他每次寄完快递，总要对送快递的小伙子再三强调："这些东西是我寄到上海的，我娃在那，等着吃，得快，越快越好，可千万莫出一些儿乱子哟。"

那次我喊了他一声，他就像中了大奖的彩民，跳下车，拉着我的手，要我陪他寄快递。我便带他找了一家最近、特快的快递。在我帮他填写快递单时，他一个劲地夸我的字写得好看。我便问他，我的字好看还是堂哥的字好看？他笑了笑说，当然是你堂哥的字更好看啊。然后他又对我讲起堂哥读书时的英雄事迹，那些故事我现在都能倒背如流。

这世上的每一份父爱，都是雨落成的河流。他们虽然时常当我们的面沉默或结巴得厉害，但他们总在背后哗啦啦地说个不停。我们要去他乡旅行或是安家了，他们就会站在不近不远的山头为我们送别，然后巴不得我们每天打个电话回家，吩咐他再往城里寄一些东西。

这个人，恨不得将自己变成一场倾盆大雨，把生命都寄给我们。

亲爱的，您一直与众不同

张亚凌

四十年前，在我们那个山沟沟里，您使我们跟别的孩子不一样，不一样得让我们既骄傲又不好意思：

别的孩子都管自己的父亲叫大，您让我们管你叫爸。在那个山沟沟里，只有父亲吃商品粮在外面工作的家庭，孩子才管自己的父亲叫爸。可您只是一个木匠，却执意让我们管您叫爸。从小叫习惯了，长大后知道了这些讲究，便觉得有些不好意思，叫您的声音便很小很小。而您，倒声音很大地爸来爸去，"叫爸爸给我娃说……""给爸爸取铁锨去。"好像天底下所有的骄傲都在那个"爸"字上！

一次，当着那么多人，槐树叔戏虐您："叫娃喊你爸，你到底是锄把锨把还是瓷锤把？"您笑了，回了句"娃叫你大，你到底是头大肚大还是脚大管到鞋外了"，至此，再也没人自找没趣嘲笑我们管您叫爸了。

您曾说，叫大出门一听就是山沟野洼里出来的人，叫爸脆生生的多好听，知道好就要学好，学好就不怕人笑话。

也记得您从外面做活回来，给我们姐妹一人买了条裙子。山沟沟里的人只是在一年半载才看一次的电影里见过裙子，我们穿上裙子后，被伙伴们围了个水泄不通，连老师们也瞪大了眼睛，满眼掩饰不住的羡慕。

您满脸骄傲地看着我们，说穿上城里娃的衣服，就得走到城里去，知道不？

年幼的我们自然不知道您的话是啥意思，可总是很小心地保持着裙子的干净，努力让自己的言行跟裙子配套起来，竟然真的与别的孩子有了很大的差距。

您是个很张扬的人？让我们叫您爸，让我们穿裙子，让山沟沟里的乡亲既嫉妒又羡慕，表现出来的却是不屑，不屑于您的显摆。

你倒好，变本加厉地与众不同。

您给我妈做的针线筐外雕刻着跃出水面的鱼儿，挺立在荷叶上的鸟儿，我妈端起它满脸都是骄傲，活儿再多，都是越做越有劲。我妈说炕头有个柜子多好，东西就能摆放整齐，取放也方便。您立马就动手做，连里面都用砂纸打磨得光溜顺滑，更不用说每一个边边角角。

别人家是"家有木匠，全是凑合"——木匠们总说自己带着手，迟早都能给自家做出最好的，先凑合凑合。或是东西不好了，顺手敲打几下就过去了。因为您，巷子里所有的木匠都成了家里女人声讨的对象。

就连小弟要个木猴耍，你也会做得很精致，您从不敷衍。我们每个人都有自己的小凳子，凳面上是自己的属相。拎着凳子出门，我们骄傲得眼睛都跑头顶了！

事实上，您是方圆几十里都很有名的木匠。就像您说的，给自己都不能用心做出最好的，还能为了钱给别人做出好的？

您的与众不同还表现在我们姐妹的出嫁上。按乡俗得向男方要不少彩礼钱，可您一分没要，理由是"我娃金贵得就没价"，还照样准备了丰厚的嫁妆。您说，好女不在嫁妆，可也不能叫人看不起。

母亲曾说起你们的姻缘，说不是你爸那张好嘴，把满天星星都说转了，我能从大平原嫁到山沟沟里？至于您怎样将满天星星说转了我不知道，我只知道，您一直与众不同。

亲爱的，您一直与众不同，我这样叫，您自然能接受。

科林的圣诞蜡烛

［英］拉夫特里·芭芭拉/文
庞启帆 / 编译

科林慢吞吞地从学校往家走。不远处是一个座落在山上的爱尔兰小渔村，他的家就在那里。今天已经是圣诞节前夕，但科林一点儿也感觉不到圣诞的气氛。也许是因为没有下雪。

但科林知道还有另外一个原因使他产生了这种感觉，这是一个他甚至不敢在心里承认的原因。

他看着远处灰色的大海，地平线上一艘船的影子也没有。七天前他的父亲就已出海捕鱼，至今没有回来。

"我会带一条牧羊犬回来给你。"科林的父亲在出海的那天早上这样对儿子说，"在圣诞节前一周你就会得到它，我保证。"

但现在已经是圣诞节前夕。科林朝山上的灯塔看去。一场暴风雨已摧毁灯塔的电线。明亮的灯塔之光已经熄灭。七天了，没有灯光指引他的父亲的渔船。

科林推开家门。"科林，我们需要更多的泥炭来生火。"科林一进门，他的母亲就对他说，"家里的泥炭已经烧完，并且快到点亮圣诞蜡烛的时间了。"

"我不太想关心点亮蜡烛的事，妈妈。"科林回答母亲。

"是，我也不太想关心。"他的母亲答道，"但是每一个爱尔兰人在平安夜都会点亮蜡烛，即使是在最伤心的时候。我知道这个家现在充满了悲伤，但我们必须点亮蜡烛。明亮的蜡烛表示我们的家和心扉向陌生人敞开。去吧，孩子。我有两根蜡烛。我们一人一根。如果你捡一些泥炭回来，我们待会儿就做晚饭。"科林点点头，走出了家门。

科林牵着驮泥炭的驴子来到山上。"谁会关心一根微不足道的蜡烛？"他看着灯塔说，"什么时候才能重新点亮灯光，指引渔船回家？"驴子摇摇头，悲伤地叫了几声，似乎它能听懂科林的话。

科林凝望着灯塔，叹了一口气。忽然，他的脑袋灵光一闪。"对，就这样。"他狂喜着向山顶跑去。到达灯塔，科林使劲地敲门。

看守人达非先生打开门。"你来这里干什么，年轻人？你吓了我一大跳。你要知道，平安夜就要降临了。"

"达非先生，"科林喘着气说道，"你以前是如何让灯塔亮起来的？"

"嗯，用电池。但它们现在已经没有电了，孩子。新年后才有新电池。"

"不，我的意思是，在使用电池这种东西之前，如何点亮灯塔？"

"用汽油灯，这盏灯现在放在地下室里。但我们现在没有汽油，孩子。"

"用煤油行吗？"科林屏住呼吸问。

"我想可以，"达非先生若有所思地说，"但是，小伙子，我们最好不要采用这种愚蠢的方法。因为在这个村庄你不会找到一丁点儿多余的煤油。今年大家都没什么钱……"

达非先生还没说完，科林已经跑出很远。

回到山下的家里。科林从厨房里拿了四个桶，然后又跑出了家门。

这时，几乎每一家都已经点亮了蜡烛。在平安夜，一盏烛光意味着一个陌生人会受到欢迎，无论他要求什么，都会得到满足。科林加快脚步，飞奔到第一间亮着烛光的房子前。

"你可以从你的煤油灯里分给我半杯煤油吗？"他问。科林去了每一间有烛光从窗口透出的房子。

在一小时内，他讨到了两桶煤油。他费力地把两桶煤油提到了灯塔门前，然后又使劲地敲门。

看到煤油，达非先生非常惊讶，但是他摇着头说道："这点煤油最多能让灯塔的灯燃烧一个小时。"

"我会带更多煤油来。时间还早呢！"话没说完，科林又向山下飞奔。

在三个多小时后，科林已经收集了五桶多煤油。在他往山上运送第六桶煤油的时候，灯塔上突然亮起了火光。火光迅速在整个山谷扩散开来。同时，它向大海的黑暗心脏处延伸，就像一根手指指着家的方向。达非先生重新点亮了灯塔上的灯。

科林回到家时已经很晚了。他母亲从火炉旁的椅子上跳起来。

"科林，你去哪里了？你没吃晚饭，也没点亮你的蜡烛！"

"哦，妈妈。我已经点亮了一根蜡烛，并且是一根大蜡烛！这是一个秘密，我还不能告诉你。但它的确是一根很大的蜡烛。"

那晚，科林睡得很香，梦里亮着无数根蜡烛。突然，一声惊叫吵醒了他。

"船！船回来了！"

然后，科林听到了："灯光！他们说是灯光，灯塔上的灯光。他们其实只在十英里外，船在迷雾中迷失了方向。灯塔上的灯光让他们找到了回家的方向。"

曙光从窗口射进来。科林跑到窗口。他的母亲和邻居正冲向码头。是真的！在灰色的海面上，他父亲的双桅帆船正徐徐驶进码头。

科林跑出家门，也向码头飞奔。他感到一股潮湿的风吹在脸上。就要下雪了。

这才是真正的圣诞节早晨。

活着的理由

[美] 莫尼卡·温希普 / 文
周美芳/编译

　　我开着一辆红色的跑车，行驶在这个边远小镇的公路上，这就是我的家乡。我是来接我的父亲去城里享受富裕生活的。

　　小镇的公路有些崎岖，我将速度放慢了，一边打量着小镇的面貌，一边想着父亲在公路边上摆摊卖杂货的情景。我去城里创业十年了，也由原来一个穷人家的丑小鸭，变成了如今人人羡慕的白天鹅，可小镇的变化却不大。这让我一下子便找到了家，我想，父亲再也不用过以前的那种穷日子了。

　　可是，令我没有想到的是，父亲见到我今天的变化之后，并没有表现出我想象中惊喜的神情。不但如此，我仿佛还从他的眼神中，看出了某种担忧和失落。我不明白，我今天的成功，不是父亲一直在期待的吗，如今，愿望终于实现了，他为什么又不高兴了呢？我强烈要求父亲将他的百货摊丢弃后，跟我去城里生活，却遭到了他的拒绝。

　　只是，令我稍感欣慰的是，在我独自回城的时候，他还是对我表示出了赞许。他不住地说，我的女儿长大了，再也不需要爸爸去摆杂货摊了。我说，是的，爸爸，您再也不用去摆杂货摊了，如果您真的不想跟我去城里生活，您就留在这里，留在您熟悉的小镇，我会定期给您寄来生活费的。

半年后，我得到了父亲病重的消息。父亲在电话里说，孩子，你就放心吧，能看到你今天的成功，已经是上帝的眷顾了，我已经很知足了。我哭着说，爸爸，你一定会好起来的。

不久，我的公司破产了。我是背着当年父亲送我出门时，那个破旧的旅行包并坐公交车回家的。一回家，我便扑进父亲的怀里，大声哭了起来。我说，爸爸，我的公司破产了，我又变成了一个人人看不起的丑小鸭。

我看到父亲的眼神突然变亮了。他就像变了一个人似的，一扫病中的萎靡，竟然精神了许多。他一边帮我抹眼泪，一边安慰我说，孩子，一切都会好起来的，有爸爸在呢，你还怕什么？从小，我就是听着父亲的这句话长大的，但是，现在我似乎有点不敢相信了，我知道年老的父亲，只不过是在说着力不从心的话语，来安慰我而已。

但是，我错了。原本躺在床上的父亲，居然在第二天的早上就下了床。他见我还在熟睡，便一个人推着杂货摊上街了。当我醒来的时候，他已经从镇上回来了，他高兴地从怀里拿出一包煎饼，说，你猜猜，爸爸今天又赚了多少钱？我接过煎饼，香香地咬了一口，然后问，多少？父亲笑着说，整整20美元呢！我惊叫一声，什么，那么多？父亲得意地说，怎么，不相信吗？

从此，我们又过上了过去那种简单的生活。每天大清早，父亲便会推着他的杂货摊上街，然后给我带回来一袋煎饼，我的工作便是欢天喜地地接过父亲的煎饼，猛吃起来，然后在家里干些家务活，为父亲明天出摊做准备。生活虽然简单，但父亲却生活得很快乐。转眼，十年过去了。父亲一直不知道，我其实没有破产，虽然我跟父亲依然过着过去那种简单的生活，但我的公司却在我的遥控下发展得越来越大了。

后来，父亲又在这种简单的生活中活了十多年，才在平静中去世了。直到去世，他也不知道我拥有一份庞大的产业。于是，很多人不理解，我既然拥有那么庞大的产业，为什么还要让父亲过那种简单的生活，而不将他接去城里过富裕的日子呢？

小镇上唯一知道我秘密的医生哈里，道出了我的心声：如果我早早地将父亲接去了城里，他很可能在20年前就去世了。因为女儿的成功，让他一下子失去了活下去的理由。所以，我的"破产"只不过是给他找了一个活着的理由而已。这也是我唯一能够给父亲的东西，那就是接受父亲的爱护。

牺牲才华的男人

水云媒

　　《爸爸去哪儿3》节目的开始，要求所有父亲与孩子在一个房间封闭一小时，其余父亲都来自中国大陆，他们姑且忍耐，渐渐地，翻墙而过者有之，踹门而出者有之，唯有加拿大人夏克立父女，其乐融融，在那个"孤岛"有说不完的话，做不完的游戏，一个小时之后，居然余兴未尽，要求工作人员再给他们一点儿时间。

　　在中国，人们似乎很久不适应这样的亲子关系了，中国人唯一不认可的成功就是平凡的家庭生活。在中国这个语境下，如果让哪个男人牺牲自己的事业花大量时间陪伴孩子，他多会留下一个"完败"的背影。而夏立克在接受采访时说，他带女儿的法则就是陪伴，"我一直住在台湾，基本做完工作就回家陪她，而且每个夏天我都要带她回加拿大，如果有节目在夏天找我，我都拒绝。"之所以接下在夏天拍的《爸爸去哪儿3》，是因为这本身就是一个亲子节目，可以跟女儿在一起。

　　这个带孩子的外籍男人，让中国人心头一颤，百般滋味。

　　无独有偶，过去的一年中，网上疯传一张Facebook的

CEO扎克伯格为女儿换尿片的照片。所有人都被他那温柔的充满爱意的眼神深深打动，而他宣布休两个月"陪产假"，更是羡煞全球的女人。毕竟，对于一个市值超过3000亿美元的上市公司的CEO，这绝非易事。绝大多数他这个级别的人物，不可能缺席公司的管理和运营这么久。故而，尽管在西方，他的这个举动虽珍贵，依然有些意外。

而在中国，女人可以将自己的才情牺牲得云淡风轻，男人，家庭，才是她们的终极。多少才华横溢横刀立马的女子因为一个"白马王子"而放弃蒸蒸日上的事业欣然回归家庭，相夫教子成为她们新的事业，乐此不疲，也因此受到公众赞誉，至少不是"异类"。对于她们来说，事业牺牲不算痛苦，长久要单才欠体面。家庭、夫君、孩子，才是最大、最体面的事业。

可是，如果客观环境需要哪个男人为了家庭，为了妻儿，放弃他正在经营的事业，而他也真的做到了，那么他必"有毛病"。

中外这种观念差异颇耐寻味。西方的爸爸几乎都是奶爸，买菜做饭带娃什么都做，家庭等同于中国男人的事业。他们认为让爸爸带宝宝，宝宝会更勇敢健康地成长。而宝妈们也有了更多时间经营自己的生活和工作圈子，宝妈越自信、独立，对宝宝的影响也会更为积极正面。于是，我们经常看到来自欧美的类似消息：

贝克汉姆和妻子坚决不雇保姆，而是自己照料儿子，"因为一想到布鲁克林会跑到保姆而不是我们中的任何一个去寻求慰藉，就觉得可怕。"他甚至宣布：怀抱儿子的感觉是他一生中最感动的时刻，而这个生命比最重要的足球还要重要。只要时间允许，贝克汉姆会尽可能照料婴儿，给婴儿喂食、换尿片。他经常花上几个小时凝视儿子。由于儿子发高烧，贝克汉姆甚至干脆缺席曼联的训练。

想起一部美国电影《神勇奶爸》，身材威猛、肌肉强健的海豹特遣队员肖恩，乐于接受各种非凡挑战，完成了无数高难度的残酷任务，但他万分意外的是，他被赋予的一项新任务竟然必须化身为一位"超级奶爸"，保护五名刚刚失去父亲的幼童不受一伙恶人的伤害。为了履行军人的天职，肖恩只好牺牲他作为军人在战场的才干，转移到另一个特殊战场，充当一群调皮小孩的保姆，演绎着"大块头大智慧"。

《上海滩》里的许文强一身本领，纵横大上海，凭他的才智，他可以在那个花花世界呼风唤雨。但他为了内心深处那条人格底线，以及对冯程程神圣的爱情，甘愿废掉百般武艺，退出江湖，到香港娶一个餐馆老板的女儿……

这些，当我们见多了，才恍然：原来，牺牲才华，转身去爱的男人，更别具魅力。因为对于一个男人来讲，牺牲生命很容易，牺牲爱情也不算难，然，让他牺牲才能，则无异于慢镜头的凌迟。

除非，他心怀博大深沉的爱。

我给你在心里留了位置

闫荣霞

　　他曾经是一个患抑郁症的男孩，在十六七岁时染上网瘾，体重达到一百八十斤。医生说："他为什么胖？因为他要靠吃来压抑自己的愤怒。"他不喜欢父亲，说："他从来就没有鼓励过我，我并不喜欢上网，网瘾只是因为现实生活中不快乐，没有寄托。"

　　父亲那时和他在家里几乎不说话，说对待他像对一个凳子一样，绕过去就是，"不理他，恨不得让他早点出事，证明自己是正确的。"

　　他曾经有一次拿着菜刀砍姐姐，幸亏被人拦住。可是他平时在生活里几乎是懦弱的，在抑郁症治疗中心，当着众人面连上台去念一句诗都做不到。他说："我内心是有仇恨的，因为大人老说我，老说我姐姐好，老拿我们俩比，所以我就要砍她。"

　　在做心理治疗时，他对大夫说起小时候被人欺负，父亲不管他、不帮他，用拳捶打墙说"我恨你"，把手都打出了血。父亲去了墙边，拉儿子的手。他说："这感觉非常奇妙，这么多年我们都没有接触过。"他觉得有点原谅父亲了。

那天，他要正式登台朗诵。父亲说好要来，临时有工作没来。他急了，又捶着墙，不肯上台演："既然他不来，你说让我干吗来呀？"他父亲后来赶到了现场，说事儿没处理好，"今后一定改……"他打断父亲："能自然点儿吗？改变也不是一时半会儿的。以前怎么冷落我的？我不愿说，一说就来气。"他父亲神色难堪，压不住火，说了句"二十年后你就明白了"，转身要走，走到门边又控制住自己说："可能我的教育方式太简单了，我认为儿子应该怎么怎么着。"一位带着女儿来治疗的妈妈说："不光是简单，不光是家长，不管任何人，你去告诉别人应该怎么样，这就是错的方式。我就错了这么多年。"

　　——这都是那个记者记录下来的。这个母亲说的实在太对了。再对的道路也不见得就是唯一的道路。天底下多少父母觉得自己说得对做得对，以致孩子心里有委屈。又有多少孩子觉得自己说得对做得对，以致父母心里有委屈。

　　委屈是心里握紧的一个小拳头，攥得紧紧的，自己出不去，也不许别人进来。不光是父母，还有兄弟姐妹，还有朋友，还有同学，还有同事，还有路上走的行人。彼此都有委屈，就都大家进不来出不去，原地卡死，谁也转不过身，看不见别人的无助和委屈。

　　负责给他治疗的心理医生说自己三岁之前，被母亲寄养在别处，母亲带着姐姐生活。重逢后她觉得母亲不亲，觉得母亲更喜欢姐姐。五十年过去了，她养两条狗来修复自己的创伤，"因为那个不公平的感觉一直在"。原先那只养了六年的狗总是让她抱，趴在怀里，新来的流浪狗在旁边眼巴巴看着。她想放下这个抱那个，这个不肯挪窝，那个也就上不来，她体会到当年母亲和姐姐的难受劲。原来"在每个角色里待着的人，都会有很多不舒服"。

她说，知道了这一点，就原谅了母亲。

这个曾经患抑郁症的男孩后来上了厨师学校，当过兵，交了女朋友，在一个环保机构工作，瘦了四十斤。成了很有公义感的一个人，常常给当年采访他的记者提供污染事件的报道线索。他现在夹在女友和母亲之间，多少体会到了父亲当年的感受，和父亲在心里真正达成和解。

原来所谓的和解，不是忍耐，不是容忍，不是被一时的感动鼓动着握握手、拥抱一下；而是理解，是理解基础上的宽容，是在心里留一个位置，让那个原来不被原谅的人可以进来，使你体会到他的感受，使他得到被你原谅的机会。

人能感受别人的时候，心就变软了，就像水。水是软的，所以它能容纳一切，净化一切。它最没有性格，却是最强大的那一个，因为它给一切都在心里留了位置。

我不敢老

凉月满天

我爹老了。

躺在炕上，眨巴眨巴大眼睛，不认识来的都是谁。他不久前才从城里的我家搬回乡下——工作原因，我不能再照顾他，只好叫一辆救护车把他和母亲送回村子里。堂哥堂姐堂弟堂妹堂嫂弟媳，还有他的八十多岁的上了年纪的老嫂子和六七十岁的老兄弟，都来看他，挨个问他："我是谁呀？"他就嘿嘿地笑，笑着笑着又咧开大嘴哭。我娘在旁边说："傻子。"

我也照样问："爹，我是谁呀？"

他翻着眼睛看我，我也歪着头看他。

他想啊想啊。

我伤心了："你真把我忘了啊？"

他很吃力地喉咙一动一动，僵硬的舌头在嘴里打转，好像一条庞大的狗在狭窄的狗舍里打转，含含糊糊地说："哪……哪有。"

"那我是谁？"

"你是……是……荣霞！"

吓我一跳。

外面下着大雨，我睡得香甜，哗哗的雨声正好助眠。迷迷糊糊听见嘭嘭的声音，好像沉在水底的人听着岸上打鼓，响动遥远而模糊。猛然间一声大喝："荣霞！"我一哆嗦，激灵一下醒过来：我爹趴在窗户外面，手遮着光往里张望，一脸焦急和张皇。我哎呀一声叫，爬起来拽开门闩就往外跑——要迟到了！

穷人命贱，我生来就只被家里人"丫头"、"丫头"地叫，上学后老师才给我起学名叫"荣霞"，却从不被家里人承认，只在学校通用。这一声"荣霞"好像上课的钟声，让我清醒得不能再清醒。学校离家远，又没有自行车，中午跑回来吃口饭，原本想着躺躺就走，哪想到睡这么沉！我爹忙着把一块透明塑料布对折，用绳往中间一穿，然后往我脖子上一绑，就是一个雨披。头顶被他扣上一顶旧得发黑的草帽——我家没伞，在他的目送下我冲进茫茫雨幕。

事后我娘跟我说：你爹叫你一声"荣霞"，浑身发冷。

——其时我十三岁，读初二。如今我已经四十三，时隔三十年，我又听见他叫第二声。

然后他看着我惊骇的表情，嘿嘿地笑，嘴里的牙已经掉得只剩两三颗，调皮地露着。谁说我爹傻，他还逗我！

一年多以前，他和我娘还在我家住着。前夫出轨，为遮掩过错，反咬一口，说我不良，挑动一家十口把我打到腰椎骨折。半个月后，我从医院扶着腰回到家里，父亲拄着拐杖从他的房间出来迎我——真怀念啊，那个时候，他还能站得起来呢。就站在那里，看着我，不动，不说话。我笑着说："爹，我没事，放心吧。"他还是看着我，不说话。

自始至终，没有对此事评论一句。他好像知道，又好像不知道。我倒宁愿他什么也不知道。反正我被一干壮汉围殴，在楼下团团打滚的时候，正是夜里，他在自己的房间，坐着看电视。我躺在医院里，已经叮嘱过女儿，别让你姥爷知道，若他问起，就说我出差了。可是为什么他看着我的眼神，竟然那样悲伤。我娘说："你出来干什么，别摔着，赶紧回屋去。"他就一步一蹭地往自己房间挪，塌着肩，像扛了一座无形的山。

小的时候，他带我去地里，说："丫头，把这片棉花锄一锄。"于是我就乖乖地把所有刚出土的棉苗都给锄下来了。他看着一地棉苗，叹口长气："嘻——"

我上高中的时候，全乡中只有我一个应届生考入县一中，他套着大马车送我。

议婚的时候，小孩的爷爷（我被群殴的时候，他是现场总指挥）说："荣霞过了门，我们一定会好好待她，不让她受一点儿委屈……"我爹回来后黑着脸，说："还没订婚呢，先说起过门的事来了！"我娘说："不舍得了吧。再不舍得你闺女也得出嫁。"

生了小孩，满月回娘家，他套着大马车来接我。回去一看，母亲和嫂子正吵架，我恨这不太平，收拾包袱要走，我爹怔怔地看一会儿我，扭头去了西屋。我赶过去一看，他蹲在地上，肩膀一耸一耸的，没有声音。眼泪一滴一滴地砸下来，像大血点。那是我平生第一次见他哭。

夫妻分崩后的第一个大年初一，还是在我家，吃过饺子，换过衣服，我走进去，对父亲说："我给您老人家磕个头吧。"然后趴下，恭恭敬敬的，磕头。父亲老泪纵横。

他三十多岁才生下来的小女儿，被娇养长大的小女儿，从来不舍得骂过一句、捅过一指头的小女儿，千辛万苦才供出来的大学生小女儿，长这么大从来没有给他磕过一个头，我给他磕第一个头的时候，他已经七十五岁了。

这么多年，他一直憨厚而沉默，我一直叛逆和孤独。我好像生下来就已经四十岁；又好像虽然四十岁，心里还关着一个耷拉着脸的别扭小孩。可是我和他在一起，虽然沉默，却不尴尬，好像静水流深，水上是静默的长脖子鹅。这种感觉让我们俩都很享受，他就很自在地端坐着，我就很自在地嗑瓜子。

直到去年冬天，他从床上摔下来。我一个人在家，背也背不动，抱也抱不动，没奈何揽着他在凉地上坐着。还没供暖，给他围上被子，像拥着婴儿。猫咪在门边探头探脑，他就说："看，猫想来搭把手呢。"又跟我分析，说："一个人抬不动我，得两个人。"我说爹，你看你的黑头发比我的还多，长寿眉没白长。他说："长寿眉还管这个呀？"我说长长寿眉的人能活大岁数，头发就白的长成黑的了。他又说："动不了是个麻烦事。"印象中，这是我和他交流最多的一次。

后来，他就彻底卧床，神智越来越退缩，好几天晚上喊叫着要起床锄地，又骂我娘："天亮了，还不做饭，你想饿死我？"我娘说你去说说他！我就去跟他讲："爹，你晚上闹，我睡不好，白天打瞌睡，上班老挨骂。"从此他再没有晚上闹过，越来越安静，像一个听话的大婴儿，让睡就睡，让吃就吃。我娘说："你爹就听你的话。"我长长叹口气。我倒宁愿他闹啊。

现在，他差不多算是彻底回归到婴儿状态，绑在他身上的那些看不见的绳绳索索纷纷解体，他想哭就哭，想笑就笑，大小便也不加控制，苦的累的是我的娘，我娘骂他，他就那样"嘻嘻嘻，嘻嘻嘻"。我争取尽量多地回去，可到底不能像以前，转个身就能看见，推开门就能看见，下个班就能看见。每次回娘家，我都歪着头逗他，他也识逗，乐得嘎嘎的。近来的保留节目就是问："我是谁呀？"

他就一如既往地回答："荣霞呀。"

我要走的时候，就跟他招手，说："爹，再见，再见。"他傻看着，我走过去，举起他的手摇晃，说："再见，再见。"他学会了，就冲我缓慢地举起手，五指一张一蜷，说："再见，再见。"我笑着出门，又回头警告他："我再来不许认不得我啊。"

"哦，哦。"他乖乖地点头。

坐在回程的车上，全身好像被抽了筋，脸上摆不出一点儿表情，什么也不想干，就想找一个没人的地方大哭几声。傻子都知道他在一步步迈向黑暗的死亡——对他来说未必黑暗，说不定走过黑暗的深渊，灵魂可以自由飞翔，可对我是深不见底的墓坑。没有人再把我像他那样疼，我的世界很快就会没有温暖和光。

可是我必须笑，只能笑。四十多岁的女人，疲惫得只恨不得快快卸下一切重担，可是还要逗爹玩。如今才明白"斑衣戏彩娱亲"的心情，他何尝不累，却是双亲在，不敢老。

爹呀，我也不敢老。

半碗月亮

顾晓蕊

我去参观画展，在一幅画前驻足，仰头久久凝望——淡墨勾染出的矮墙，院内繁花似锦，墙外一条弯曲的土路伸向远方，一轮皎洁温润的圆月斜挂在天上。这是一轮乡下的月亮，细看果然题名：乡间月色。

这幅画将我的记忆带回遥远的童年，那样明晃晃、清亮亮的月亮是来自乡村的，是从吟诵千年的《诗经》中走出来的，脚步轻盈，姿态清朗。不似城里的月光，隔着灰蒙蒙的云层，躲躲闪闪，显得那么晦暗不明。

那是上世纪70年代末，有月亮的晚上，乡下是不用点灯的。在田间劳作了一天的村民踏着月光归来，烧火做饭，而后端起碗聚在路边树下。在月光的映衬下，每张清秀的、粗粝的、沧桑的、褶皱的、年轻或年老的脸上都泛着光亮，吃着聊着，扯谈着田间的活计。

一群孩子在月光下疯跑玩耍，我很少参与其中，尤其金枝、银枝两姐妹在时。我那时六岁，性格内向孤僻，经常或倚或坐在矮墙上，一个人看月亮。我觉得他们是一伙的，我跟月亮是一伙的，要不怎么我笑它也笑。一缕缕饭香钻入鼻中，我不停地朝路上张望。待到母亲披着银白色的月光，扛着锄头缓步走来，我便跳下墙飞奔上前。

那年初春，我患了病，咳嗽得很厉害。母亲骑着自行车，带我去十几里外的乡医院看病。药吃了不少，病却不见好转。那天母亲又带我去乡里看病，回来天色已晚。站到院墙外，我捂着心口剧烈地咳嗽着，一只鸟惊飞在月色中。

柴门突然开了，门里站着位身穿军装的清瘦男人，是父亲。他挟带着海风的气息风尘仆仆地归来，听邻居说母亲带我看病去了，下厨把饭做好，等候我们回来。母亲惊喜又慌张，目光温柔而甜蜜地缠绕在父亲身上，看他进灶间把汤盛好，端到院中石桌上。

我冷冷地看着父亲，心里说不出是怨是恼。他成年不在家，把地里的活儿撂给母亲，偶尔回来住几天又走了。我恨隔壁家的金枝、银枝，她们的眼睛很大，可心是盲的，脑袋里装满了恶作剧，不时爆出一串嘲笑，但我羡慕她们有个壮如黑塔般强悍的爹，两人经常骄傲地跟随其后。

碗里装大半碗粥，稀得照见人影，我心里更觉委屈，干脆坐着不动。父亲轻叹一声，愧疚地垂头，旋即兴奋地说道："快看，碗里有什么？"我低头看，什么也没发现。"碗里有个月亮。"父亲又说。可不是吗？碗里有一个白胖的月亮，连母亲也看呆了，分外惊喜，说："像个剥皮的鸡蛋。"

为了给我治病，母亲卖掉家中积存半年的鸡蛋。我心情好起来，捧起碗小口地抿着，直到把碗底舔了个干净。

饭后，父亲端出碗水煮大蒜，笑着说："里面放了冰糖，能治咳嗽的，就着月亮喝下去吧。"那时冰糖稀缺，市面上买不到，是父亲从部队带回来的。那夜我睡得酣甜，仿佛肚子里真的卧个月亮。

随后几天的晚上，我喝着稀粥外加冰糖水，父亲陪我一起赏月，看碗中的月亮碎了又圆了。一周后，他匆忙返回时，我的咳嗽竟完全好了。

随着父亲转业，我们家搬进城里。我是在多年以后，才懂得父亲用意之深——心有明月自澄净。只是我至今未曾问过，坚守海岛的那些艰苦又寂寥的夜晚，他是否有"隔千里兮共明月"的思潮起伏？

在静寂的夜里，我又梦见小山村，碗中的月亮轻轻地晃荡着，洒落一枕思念。朦胧间月亮从碗中升起来，变得又大又亮悬在空中，使我放下纠结与挂碍，心中一片空明清澈。

心尖的肉，心头的船

诗 雨

　　这个世界上不幸的孩子很多，他算得上一个。

　　十三岁时父母离婚，父亲另娶，母亲别嫁，他是被姥姥带大的，而姥姥，也在他考上高中的那一年去世了。

　　至今，他一给母亲打电话，母亲通常是习惯性地说："hello,this is……嫁给外国人了，还又生了两个娃娃。至今，他没给父亲打过电话，因为后母根本不许父亲接，他小小年纪一边读书一边做家教，营养不良到现在都长不起个子。

　　说实话，妈妈和爸爸都是有寄钱给他的，如果把他的账户上的钱支出来，恐怕当一个小小的富翁都有余，但是他不肯，一分钱都不动。他不是省，他是恨。

　　恨父亲和母亲的不负责任，既相爱又不好好相爱，既结婚又随随便便离婚，既生了他又抛弃了他，既抛弃了他又徒然想用金钱温暖他缺乏温情照耀的心。

　　这个孩子的恨没有化成长在身上的尖针，扎向任何一个试图靠近他的人，他的恨却化成一团硬冰，把自己变成冰里包裹着的一粒核，谁来都暖不透，谁来都摸不到，他在里面冻得发抖——他伤己，不伤人。

所以，即使工作之后，他也不肯恋爱，不肯结婚，而且不肯去国外探望妈妈，也不肯在国内陪父亲过春节，到生病的父亲打来的电话实在让他推托不过去，就连异母的小弟弟都出面劝说的时候，他才勉强回去一趟，却是待了五天，在外边和高中同学疯跑了四天半，回家只说了两句话："我来了。""我走了。"

说到底，还是恨啊。

我是在毫不知情的情况下请他给我当"卧底"的，我的小孩喜欢上网聊天，我请他这个名牌大学毕业的大学生以陌生人的身份加上她，既对她有一个监控的作用，又能替她树立一个奋斗的榜样。

我喋喋不休地说孩子的"劣迹"，他在那边苦笑着听，然后说："我觉得，你们当爸爸妈妈的，太操心了。孩子哪那么容易就变坏了。"我只有慨叹他不养儿不知父母心，他在那头沉默。

再一次在网上给他留言的时候，我的小孩居然因为和她爸爸一言不和，吃了一整板西药玩自杀，大年三十，我们在医院度过，我的心情既愤怒又绝望，对他倾诉说十分羡慕丁克家庭，养儿不如不养儿，结果他说："唉，做父母的，不容易。"

这还是我第一次听他说这样温情的话，平时他都是既冷静又客观，把自己的真实情感隐藏进深不见底的黑暗。

昨天晚上，我派爱人星夜回娘家接来侄子的小娃娃，因为村里正闹口蹄疫，村里的小孩接二连三地死伤。小孩妈妈跟着一起来了，随行的还有一堆包袱，吃用俱全。我在网上跟他讲这事，他说："生养个小孩，真费心……"

然后今天，我收到他的留言，说母亲要回国看他，他答应了，问我五十岁的女人喜欢什么礼物。我说你不要问五十岁的女人喜欢什么礼物，你只问一个当妈妈的和儿子分别有年，喜欢什么礼物——你的一个拥抱，胜过金宫银殿。他沉默了一会儿，问：那，爸爸呢？

"一样。"

现在，他应该见到妈妈，并且送上一个略显生涩的拥抱了吧，将来总有一天，他也会拥抱年迈的爸爸的吧？其实哪个孩子都是父母心尖的肉，哪个父母都是孩子心头的船，尘世漂染，泥滓俱尽，总有一天，儿女和父母会顶着和解带来的痒痛，坐在一起，诉说过往和余年。

第三辑

漫山遍野都是爱情

爱啊，这叫人怎么说。它就是好，没有了它，人世枯燥。爱是我们互相关联，彼此深负责任。专注地看着他的脸或者她的脸，好像灵魂穿越时间，肉体短暂，彼此互见灵魂，得见永恒。

漫山遍野都是今天

黄琼会

　　这些天，几乎天天落着雨。很是清凉的雨水，让盛夏的日子一下子柔和静谧起来。有时候我就坐在窗边，翻两页《今生今世》，任满帘风雨连天扯地，飘飘摇摇，尽显雨季的阴郁缠绵之态。见书中有这样一段话——爱玲喜在房门外悄悄窥看我在房里。她写道："他一人坐在沙发上，房里有金粉金沙深埋的宁静，外面风雨琳琅，漫山遍野都是今天。"

　　很好的句子，让我不由多读了几遍。脑海里浮现出电影一般的画面：旧上海的老房子，被满城风雨笼罩着，静默无声，几百年旧颜不改。室内光色正暗，那个人身影宁静，却偏有一种决然的色彩，煌煌的金，逼人的亮。爱玲在这份耀目的金色里，低低的，低到了尘埃里。尘埃里也是金沙弥漫。

　　爱上一个人，漫山遍野都是他。这是一种什么样的痴爱，与刻骨铭心的深情。以致男的废了耕，女的废了织，只想着要厮守一起，爱玲还说："你这个人嘎，我恨不得把你包包起，像个香袋儿，密密的针线缝缝好，放在衣箱里藏藏好。"

　　这样的日子，不但是为相守，亦是为疼惜不已了。今生今世，唯一彻心彻骨的爱只属于他。他把她比作民国世界的临水照花人，没有比这种遇见，更生懂得与慈悲了。只因，他是她心中的王。

诗经"风雨"有言："风雨凄凄，鸡鸣喈喈。既见君子，云胡不喜。"

一切景语皆是情语。"风雨凄凄，鸡鸣喈喈"这八个字，着实透露出主人公心中的大不安。风雨如晦的日子，便是待在室内，心里也有瑟缩之感。而雨意茫茫无边，愈加显得自己孤立无援。爱是一个人的事，是悲伤之事，是没有办法的事。更是一件危险的事。那是做好了最坏的准备，是拼死决定一爱。她不安地等待着心上人赴约而来，心中总是惊悸不宁。爱情这东西太虚无，说不算数就不算数了。在看到他之前，一切都有可能的。那人的爱与不爱，也即将在来与不来之间看得分明。直到他终于出现，所有的惊疑才都落了地。才有一种发自内心的喜悦，如莲瓣上的灯盏，暖色的焰蕊，轻轻颤动，那样剔透而又沉静。

吉田兼好在《徒然草》里也说：世上的事，最令人回味的，是始和终这两端。男女恋爱，也是如此。又说，男女之于暗夜私会，既怕人见到，又怕人听到，但心中之恋情强烈，不见不行。此种情形于日后必然永难忘怀。如是那种经父母兄弟同意了的明媒正娶，就让人扫兴得很了。梅香暗吐、月色朦胧之夜，伫立在她身旁，或任由宅垣旁的草露沾湿了衣裳，和她一起踏着月色回去，没有这些可供追忆的往事，还不如不要谈情说爱。

吉田兼好还说，人心是不待风吹而自落的花。每念至此处，不由一声轻叹。书中写道，人在有生之年，就像雪佛一样不断地从底下融化。这正应了那句："人类过的是一种静静的绝望的生活。"可静的根底里，偏含有一种温润的情绪，于是，遗憾也成了无言的唯美。等风雨琳琅过后，天地重归清明，那时独立花前，你也便开始原谅这世间的一些是是非非。

因为爱过，所以慈悲；因为懂得，所以宽容。

那时他们在一起谈论小说。说到"淹然百媚"一词，她说这"淹然"两字好。他问："什么是'淹然'？"她答："有人虽见怎样的好东西亦滴水不入，有人却像丝棉蘸了胭脂，即刻渗开得一塌糊涂，这便是'淹然'呀。"又一日两人并坐看《诗经》，这里也是"既见君子"，那里也是"邂逅相见"。她说："怎么这样容易就见着了！"

那时他来信求婚。她给他回信，却是一张空白信笺。他匆匆赶回上海，眼睛里满是问号。她说："我给你寄张白纸，好让你在上面写满你想写的字。"

这些都是民国某年夏天的事了。一天傍晚，他们站在阳台上，眺望晚烟里雾霭沉沉的大上海，心底升出一种郁郁苍苍的悲凉之感。只见高楼大厦在夜幕中微微起伏，虽没有山峦却也像层峦叠嶂。

漫山遍野都是今天。

同心如牵挂，一缕情依依

在一个晴朗的秋天早上，厦门坂仔的林家举家出动，送和乐坐船去上海圣约翰大学读书。这个和乐，就是林语堂。翰大学读书。

林语堂在圣大的第二年，不但以英文写作短篇小说，获得学校金牌奖，更是在大二的结业典礼上，接连四次上台去领三种奖章，又以演讲队队长身份，接受比赛获胜的银杯。由此，林语堂这个人轰动了全校，以及隔邻的圣玛丽女校。

同在圣大读书的陈家两兄弟，很是欣赏林语堂。周末时，常邀他一起去吃牛排、看无声电影，或在树木苍翠、碧草如茵的校园内散步。

有一天，陈氏兄弟带着一位少女向林玉堂走来。林语堂惊鸿一瞥之下，身心顿时仿佛融化了。对面的女孩实在太美了。秀长的黑发在微风中如细柳般拂动，一对活泼的眼睛对着他笑时，好似阳光的焦点聚集一般，烁出一种摄人魂魄的光芒。

美人儿是陈家兄弟的妹妹，名叫锦端，在圣玛丽女校学习美术。锦端对林语堂早有耳闻，调皮地对这个老乡点头微笑，一点儿也没有少女初见陌生男孩的做作扭捏之态。令怀春的林语堂，对她一见钟情，再见倾心。恍惚中，举得她就是他心中一直追求的美的化身。他爱她的美和她爱美的天性，爱她的自由自在、无忧无虑、天真烂漫的纯真性格。

那时，未婚男女在一起的机会很少。每次都由锦端的哥哥陪同，一起逛公园、看电影。但每次，好像只有他们两个人。

"什么是艺术？"锦端问。

"艺术是一种创造力。艺术家的眼睛像小孩子的眼睛一样，看什么都是新鲜的，将看到的以文字以画表现出来，那便是艺术。"他说，"我要写作。"

"我要作画。"

林语堂心花怒放，手舞足蹈。他觉得他们心心相印，像是自己生来只是半个人，现在找到了另一半，得以圆满和完整。陈锦端柔和如水，柔软如轻纱的爱，让他如痴如醉，飘在幸福的云端。仿佛饱吸生活的活力，无论看见雨珠沿着窗子的玻璃坠落，还是看见叶子从树上飘落、又或一只麻雀在檐下避风雨，都充满愉悦和诗意。对人如对花，日日相见日日新，他和她在一起的每一天都是新奇的，快乐的。

豆蔻韶华的陈锦端，亦无法抗拒这位热情英俊，才华横溢的青年所献的殷勤，为之折服，为之倾倒。两人时常在一起，好似一对无邪的孩子在乐园里玩耍。

暑假回厦门，林玉堂逗留在陈家，表面上似和陈家兄弟亲近，其实是想和心爱的人儿朝夕相遇。然而，当她的巨贾父亲，知道这个青年在追求他的宝贝女儿时，大不以为然。这小子固然聪明，但毕竟是穷牧师的儿子，配不上他的女儿。

他要为女儿的将来着想，觅得一金龟婿。于是提出做个媒人，将朋友廖悦发的女儿翠凤撮合给他。

林语堂顷刻从云端跌入地狱。自己心爱的女孩的父亲替自己做媒，这令他羞愧得无地自容。他垂头丧气地回家，心如刀割，哭个不停，直到全身瘫软。他大姐心疼地骂他，人家是厦门巨富，你难道想吃天鹅肉？这话，一如范进丈人的巴掌，把他带回到严酷的尘世。

失恋之后的林语堂，同意了廖家的亲事。但他身体的每个细胞里，都烙着陈锦端的情影，漾着她无邪的笑声。她的长发，用一个宽长的夹子夹在脑后，额前的刘海轻舞飞扬，她发亮的眼睛在对他会心地微笑，他愿意掏出自己的心来给她。他爱她，将永远爱她，即使不能娶她也会一辈子爱她。

不久，陈锦端去美国留学，三十二岁才嫁为人妇。而林语堂以求学为借口，拖延了四五年，才和廖家姑娘结婚。但在他的心底最深处，有一个角落，永远属于锦端。有时作画自娱，画的女子总是留着长发，用一个宽长的夹子夹在脑后。女儿们问，为什么老是画这样的发型？他说，锦端的头发就是这样梳的。

八十岁的林语堂，住在香港小女儿家，从卧室到客厅都需要轮椅代步。当他听说锦端住在厦门时，竟高兴地说："我要去看她。"

六十年前的热情，犹如昨天，"同心如牵挂，一缕情依依"，仿佛仍旧是那二十岁时，情窦初开的青年。

时光只解催人老，不信多情

安 宁

年少的时候总有那么一段时日，强烈地渴盼与自己喜欢的女孩子牵手，却又因为羞涩，会在人间装出看都不爱看的冷傲模样。

那时的他，便是这样。

她是他最要好朋友的堂妹，教室就在他的隔壁，没事的时候他便爱往隔壁跑，与一帮狐朋狗友们胡吹神侃，她总是坐在一旁，神情淡定地看书或是做老师布置的作业，偶尔抬头看到他人聊得嘴唇发干依然不肯停歇的热情，会微微一笑，提了壶去楼下打水，每每这时，他便会借故走开一会儿，从窗口瞥见她要上楼了，十几秒内便会顺着楼梯扶手滑到一层的大厅里，尔后将脸上的表情调至平静如水的一栏，淡淡走向她道："你堂兄让我帮你提上去。"她也不说什么，任他在前面提着壶健步如飞，到了六楼他的教室门口时，他又总是会稍稍停顿一下，说：

"我去拿点东西，你先提过去吧。"

她道一声好，便走到隔壁去，而他则伏在自己的书桌上，大口大口地喘气，直到一颗跳得厉害的心慢慢地平歇了，才重新加入到隔壁的队伍里，在她刚刚冲泡好的茉莉花茶的清香里，聊得更是飞扬。

　　他所受的教育，也只能让他偷偷地喜欢她，且不让任何一个人知道，甚至是她。这样，他对她的爱，才是最纯粹也最温情的。不必担心朋友们知道，会取笑他。或是做教授的父母，跳出来粗暴地干涉他，叫他不要与这些贫寒人家的女孩子交往。或许，她自己也会冷嘲热讽地笑他自作多情吧？

　　与她也曾有过独处的时光，她堂兄的家里。他隔着狭小杂乱的客厅，看她帮伯母将一件旧了的毛衣拆掉，又细心地缠成团，他看得发呆，忘了电视竟被按到无节目的一个频道，是她起身要帮他换台，线团不小心从怀里落下来，不偏不倚地滚到他的脚下。他慌慌地低身去捡，恰恰她也过来要捡，指尖在绒绒的线团上相触的那个瞬间，他的脸腾地红了。他没敢再抬头看她，却是她，像是要打破这样紧张的尴尬的气氛，轻声问他一句："你，最喜欢谁的词？"这样的问题，却让他愈发手足无措，他想女孩子大多喜欢李清照的词，她肯定也是，于是便忙忙地接道："李清照的，你呢？"他在一片混乱里听见她说：

　　"我还是更喜欢晏殊多一些，他有一首《采桑子》写得尤其好，不知你读过没有？"

　　略略失望懊恼的他还没来得及回答，便听见楼道有阵阵的吵嚷，他知道定是那帮哥们儿买了啤酒和小吃回来了，便慌慌地将话题撂下，跑去开了门。

　　这一撂便再也没有机会拾起。许多话，终因不久之后的高考，没了重新说起的必要，高考的时候她突然病倒，错过了考试，后又因为家庭的变故，终于连读书都无法继续。去领录取通知书的时候，她让堂兄捎给他一本书，是一本崭新的《宋词选》。他那时考入北大，正在亲朋好友的吹捧里，轻飘飘地无法着地，所以只是略翻了翻这本小书，便搁在了一旁。

他也曾许多次地想去找她，但想到她连爱好都不顺他说，想到她美丽如斯，必是看不上略略丑陋的自己，便一次次地放弃了。这期间他大学毕业，有了一份好的工作，且很快闯出一番广阔的天地，却是在爱情上屡屡受挫，怎么也无法找到一个合适的女子，将一颗心完全地交给她保管。

偶尔他回故乡，在一个超市门口，突然看见一个领了孩子的妇人，在柜台前站着，淡定自如的神情像极了她，只是容颜太老，不像三十岁的女子。转身的时候，她听到有人在叫：

"青素，走吧。"他猛地回头，见那妇人微微笑着朝一个白发的老太太走去，那老太太，正是朋友的母亲，而这同样叫青素的妇人，正是十年前他深深爱着的她！

他突然觉得一阵轻松，想错过了她也没有什么，三十岁的女子，竟老得如此之快，哪有丝毫当年人见人怜的青春？

回到家遇见姐姐的小女儿翻了一本书嬉笑着走过来，说要考他。"舅舅你说'时光只解催人老'的下句是什么？"他想了想说："不知道。"小外甥女便过来刮他鼻子，说："舅舅怎么考上北大的，记性这么差，这句词你画了那么多的着重号，怎么忘得这么干净。"

他一脸不解，看外甥女手里拿的，却是那本《宋词选》。掀到后面有折痕的一页，见一首晏殊的《采桑子》上，竟是被一颗又一颗五彩缤纷的心给细细密密地围住了。那首词的前两句，写着：时光只解催人老，不信多情。

　　他的心，痛得厉害。十年前，她想用这样的词句，告诉他，一个女孩子无法说出口的痴情。十年后，她又用那老去的容颜，让他明白，不是时光，却是这没有回应的柔情，让花儿一样的她，迅速地凋零、萎谢。

　　而他告诉她的，却只有这再也回不去的十余年的空白与无情。

把生命送进狮口

澜 涛

　　他和妻子驾驶着一辆满载生活用品的卡车奔驰在无边无际的热带草原上，他们要去处于草原深处的建筑公路的基地。

　　就在这时，突然在他们的近前闪现出一头凶猛的狮子。卡车加大马力狂奔，试图甩掉狮子，狮子却紧追不放。他们越是心急，令他们恼火的事情偏偏发生：汽车陷进一个土坑，熄火了。要想重新发动汽车，必须用摇把把车子摇醒。可狮子就趴在车外，眈眈而视。

　　大声吼吓，掷东西打，两个人办法施尽，狮子却丝毫没有走开的意思。无奈中，他拥着妻子在车里度过了漫长难耐的一夜。可是狮子比他们还有耐心，第二天早上，这头猛兽还守在车外，向这两个要到口边的美味垂涎。

　　太阳似火，空气仿佛都在燃烧。妻子已经开始脱水了。在热带草原上，脱水是很可怕的，不用多久，人就会死亡。他只有紧紧拥住妻子，似乎只有这样，才能不让狮子和死亡把她带走。此时，他们内心的绝望比狮子还狰狞。必须行动了，否则只能坐以待毙。他说："只有我下去和狮子搏斗，或许能取胜。"其实两个人心里都很清楚，即使他们的力量加起来也未必抵得过那头猛兽。妻子像是在自言自语："不能再待下去，否则不是热死，也会筋疲力尽，最后连开车的力气也没有了。很多人都在等我们回去，再不回去，他们连饭都吃不上了。"

车外，狮子一点儿都没对他们失去兴趣，它欲耗尽对手的生命吧，以延续它的生命。没有刀光剑影，生与死在沉寂中却铿锵相对。

不知过了多久，妻子轻轻地说道："我有一个办法。""什么办法？快说！"丈夫多么希望听到她能把他们引向生路啊！妻子默默地伸出双手，搂住他的头，深情地凝望着，然后一个字一个字地说："你一定要把车开回去！"说着，眼里涌满泪水，嘴角禁不住地颤抖着。他突然明白了妻子的所谓办法，抓住妻子的肩膀吼道："不行！不！"妻子扳开他的手："你不能这样，不能冲动。你下去，谁开车？"她话没说完，就猛地推开他，打开车门，跳下去，拼命向远方跑去。

狮子随之跃起，疾追而去。

她这是将生命送进狮口，为丈夫铺设生还之路。

他只觉热血冲头，欲爆欲裂。他抓起摇把，跳下车，追向狮子。他怎么能看着自己的妻子活活被猛兽吃掉呢？

妻子的声音从远处传来："快把车开走！快开车！"他的心被撕扯着、刺扎着。他在妻子的喊声中回到车前，发动起汽车，疯了般地追向狮子。

远远地，狮子撕咬妻子的情景也撕碎了他的心。汽车撞向狮子，那猛兽才惊慌地逃了。

草原上只留下响彻很远很远的哭声——凄惨、悲凉、断肠。

　　这是一个叫刘火根的看山老人讲述的故事。老人就是那位丈夫，他和妻子是当年中国援建非洲一个国家的筑路队成员。数十年前，妻子用生命留给他的爱一直深刻在他的心里。

　　去时是双，回来成单。回国后，刘火根把妻子的骨灰绑在身上隐居在深山护林，直到今日。他说，寂静的地方能让妻子睡得踏实，也能让他更清楚地听到妻子灵魂的声音。他说，几十年妻子的骨灰从未离开过他的身体，以后也不会。哪怕死了，他也要和妻子相陪相伴、不离不分。

　　凶残可以夺走生命，却夺不走永恒不变的一个字：爱。

爱是人生的必修课

古保祥

我坐在时光里，看到那个漂亮至极的女生像幽灵一样在我的眼前飘来飘去，这样的时刻组成了我大三的整个时光，使我欲罢不能，却又拿不起，放不下。

我终于找到了一个好的方式向她表白我的爱慕，为此，我计划了好长时间，当我将我的长篇大论及构想发到她的电子邮箱里时，我知道所有的一切终将尘埃落定。

但遗憾的是，我始终没有收到她的回信，哪怕一道如闪电一样的目光。再见到她时，我有些不知所措，但她却依然故我，好像什么事情也没有发生一样，我怀疑她的个人感情是否经历过严重的障碍，她的冷血让我的心瞬间充满了报复心理。

这种心理在逐渐加剧，因为她竟然接受了另外一个男生的爱，我猜想这其中的理由：他比我年轻一岁，脸宠白点，皮肤毛长点，显然出类拔萃，好像一只猿猴，我呢正好与他相反。我反思现代女孩子的爱情观，觉得自己可能已经渐行渐远了。

但无论如何，我还是要进行自己的计划，我想试探着问她：我的信收到没有？为什么不回复。

我们俩站在旷野里，她不耐烦地问我有什么事吗？同时手里的手机响个不停，她与我一边约会一边毫不在意地打游戏，我有些怒不可遏地质问她：你，你收到我的信没有？

收到了呀，写得很好呀，意犹未尽的样子，你的文采的确不错，可以投稿了。

一切的一切，在这样的回答中早已经被抛到九霄云外，她以调侃的口吻激励着我的下一步人生规划，我甩甩头，将长发抛在风中，只留给她一个无尽的背影。

我敢断言，以后的日子里，我们将形同路人，可是，她却一个劲儿地拉拢我，好像是在用另外一种方式折磨我，她请我吃饭，那个男生竟然做陪，席间有说有笑，就是没有属于我的爱情，我权当作好事般地陪同他们，唯唯诺诺，人生苦旅。

我将一封打印好的长信投到学校党组织办公室时，她的入党计划正如火如荼地进行着，她为此宣传，还煞有介事般地拉拢同学们替她助威，我爱理不理，因为我的信已经如一颗定时炸弹埋在她的前程上，伺机准备炸响。

果然，她哭哭啼啼地进了教室里，像个泪人，男友在旁边劝慰他，一脸的同情与无奈，这样的男人，怎值得她去爱，一个不敢替自己爱人想的人，一个不敢去揭开这个谜底的人，他如何般配得了她的花容月貌。

教室有一个符咒流行着：说她莫名其妙地爱上了一位老师，有破坏人家家庭的嫌疑，这也是她预备期延后的一个主要理由?

子虚乌有的事情，同学们纷纷猜测这是谁制造的恶作剧，鼓励她的男友去找到他，揍他一顿，或者干脆去学校揭发这件事情。

懦弱的男孩子站在众人中，双手捧着头做着无力的抵抗，终于，她好像做了错事般地离开了教室里，我听说那晚他喝得酩酊大醉，还听说他们分了手，我终于第一次有了一种致命的成功感。

接下来还得看我的，我在教室里放了豪言：说她的男朋友是个窝囊废，无法替自己心爱的人洗清冤屈，看我的，我会以实际行动证明她的清白。

我像个侠客一样冲进了校长办公室里，这在五十年的建校历史上，还是第一次。我唇枪舌剑、苦口婆心地劝说校领导收回成命，但收效甚微，后来我才得知，所有的一切并非空穴来风，她果然爱过一个男老师，在大一的时候，在风口浪尖下，知情人见风使舵，将整个事情和盘托出，一语成谶。

我欲哭无泪地站在她的面前，好想抱着她大哭一场，自己是无心的，请她谅解，但我终究没有勇气讲述自己的罪过，她只是感谢我的行动，然后挥挥手，搬着行李消失在我一直追求的爱情视野里。

对于她没有完成学业便辍学，我一直深怀内疚，虽然时过境迁，已经过去了好些年，但她哭泣时的表情依然在我的耳畔萦绕着，久久不肯散去。

同学们聚会上，我又一次见到了她，衣着朴素，嫁了个没钱的老公，养活了三个孩子，日子捉襟见肘。

大家聊以前的旧事，不知是谁提起了我写过信给她，问她为何当初不接受我的爱，在大家看来，我们是命里注定的一对儿。

以前含蓄的她，现在语言如刀般犀利：他发我的信我是收到了，可是却是半封信，全是客套话，没有一句话切入正题呀。

我的眼前一阵模糊，大家的言语刺激地冲进我的耳膜里：苍天弄人呀，可能是网络的问题，我以前也这样接收过邮件，他们是有缘无分呀？

在大家的嬉笑声中，她低头接电话，然后说道：我要接孩子了，先走一步。

愧疚、负罪，我觉得自己好卑鄙无耻，自己的一封信，竟然改变了一个人的一生。

许多孩子依然在走着我们曾经走过的老路，伤害、误会和不知情，在校园里冷漠地发生着，现在看来：爱应该是人生的一门必修课，可惜的是，大学里从来没有开设过这个专业，年轻的爱从来没有人帮着梳理、打点，有多少锦玉良缘随风飘逝，有多少误会伤害了多少人的整个一生。

月光华华，时光已老，这份错误的爱情，被一份辜负的心牢牢地枕在时光长河里。

此岸情，彼岸花

崔修建

第一眼看到她，他便被她的美丽震慑住了。那时，他还只是一家小工艺品公司的勤杂工。而她却以出色的艺术才识，成为那所大学里最年轻的副教授。

当时，极度自卑的他，不敢向她表白心中的爱慕，甚至不敢坦然地迎向她明净的眸子，深怕她一下子看轻了，从此淡出他的视野。可是，年轻的心湖，已不可遏止地泛起了爱的涟漪。从此，他再也无法将她从心头挥去。那个寒冷的冬天，对于孤寂地寻觅人生前路的他来说，她不只是一团温暖的火，还是一盏明亮的灯，给了他明媚的方向和神奇的力量。

在他借宿的那个堆满杂物的零乱的仓库里，他生平第一次拿起画笔，像一个小学生一样认真地画起人物素描，他画的第一个人物就是不断地在脑海中浮现的她。他说："她无与伦比的美，是我今生所见到的最超凡脱俗的美，它属于经典的名画，属于永恒的诗歌，是应该以定格的方式传之于世的……"

终于鼓足了勇气，他将自己幼稚的画作拿给了她，她只是那样礼节性地说了两个字"还好"，便让他受了巨大的鼓舞，感觉到自己有一天也能在艺术上有所造诣。他暗自告诉自己：暂且把炽热的爱深藏起来，努力再努力，尽快做得更出色，以便能够配得上她的出类拔萃。然而，他又担心等不到他成功的那一天，她便已芳心有属，那样，他就会只有遗憾痛苦和无奈的结局了。那些进退皆忧的烦恼，搅得他一时寝食难安，仅仅两个月，他便消瘦了二十多斤。最后，他还是把真挚的爱燃烧成一首诗送给了她。她那样优雅地回了一句感谢，并坚定地告诉他——他们的关系只能止于友谊，而不是爱情。

对于她理智如水的拒绝，他虽有丝丝难言的苦涩，却不仅没有一点点的抱怨，反而有深深的感激，因为她自始至终都没有做错什么，她有她的方向和自主的选择。或许自己足够出色了，她才能够明了自己的那份穿越岁月的深爱。于是，他离开了省城，去了北京，又漂洋过海去了欧洲许多艺术圣地，开始四处拜师学艺，开始埋头苦练画艺，常常为了绘画达到忘我的境地。

就在他忙碌着在巴黎举办个人画展时，他收到了她婚嫁的消息。虽然早已想过会有这样的结果，早已想过会有伤感不绝如缕地涌来，只是没有想到巨大悲伤竟会汹涌成河，让他几乎彻底崩溃。他呆呆地坐在塞纳河畔，一任秋阳揉着满脸的忧郁，一任往事怅然地拂过，失魂落魄的样子，像一株遭了寒霜的枯草。

好容易止住了心头的怆然，他给她写下的祝福简短而真诚："相信你会拥有幸福的爱情，因为你的美不只是外在的，还有你的思想，你的灵魂，最爱你的人会将你独特的优秀看得清清楚楚。"

再相逢时，他已是闻名海内外的艺术大师，他风格独具的作品正被拍卖行高价竞拍，被世界各大著名艺术馆争相收藏。而她正在那份不好不坏的婚姻里，品味着世俗生活的苦辣酸甜。终是无法割舍的情怀，让已阅读了无数沧桑的他，再次坐到她面前的那一刻，仍手足无措地慌乱，连面前的那杯咖啡，都有了一种别样的滋味。那天，他送给她一幅题名《永远》的油画，画面上那条悠长的小巷，在默默地诉说着他脉脉的心语，澄明而朦胧。

她提醒依然孑身一人的他应该考虑成家的问题了，他看到她眼神中倏地滑过一丝怅然，点头道："是啊，有情岁月催人老，不能总是在爱的路上跋涉，可是……"他欲言又止，像极了那些留白颇多的绘画，他不说，她亦懂。

当他得知她的丈夫在漂流中遇难的消息后，迅速终止了重要的国际艺术交流活动，第一时间从意大利飞到她身边，不辞辛苦地忙前忙后，帮她料理后事。有人问他为什么要那样，他说他已经把她当作了自己最亲的亲人。她感动而感激，但对于他依然认真的求爱，她仍是干脆的两个字——拒绝。

她没有给出理由，似乎也不需要理由，就像他对她的一见钟情，几十年的红尘岁月，非但没有冲淡那份爱，反而让那爱变得更深沉、更绵长。尽管她的一再拒绝，让他品味到了许多酸涩，品味到了许多苦楚，可是，他由此体味到了难以形容的甜蜜。在希望与失望的跌宕中，在痛苦与幸福的交织中，他咀嚼着一份无怨无悔的真爱。他说："她是他的彼岸花，始终在那个距离上，美丽着，芬芳着。"

有评论家赞赏他的作品鲜明的艺术风格——总是那样明媚而热烈，即使偶尔有一点黑色的阴郁，也总无法掩住红色的希望……很少有人知道，他是怎样蘸着苦涩，一次次描绘着渴望的幸福，更难有人能够体会到，当他的画笔酣畅淋漓地游走时，他内心里又澎湃着怎样的爱的大潮。

再后来，他与法国画家乔治·朱丽娅结婚，定居法国南部小城尼斯。但始终与她保持书信联系，他们的情谊愈加深厚。她曾意味深长地说："没能与他牵手，或许不是我今生最好的选择，却让我拥有了一生的幸福。"

她55岁那年，因脑溢血溘然辞世。闻讯，他把自己关在画室内，一口气画下有人出千万美元他也不卖的绝作《彼岸花》，并宣布从此退出画坛，不碰丹青，隐居国外，谢绝任何采访。

他就是19世纪著名的油画家任千秋，她的名字叫谢小菊。他们的爱情故事，就像他最后的杰作那样——如今，那些美丽的往事，虽然已是彼岸的花，但隔着岁月，向我们绵绵吹送的，依然是时光无法洗去的温馨与美好。

那时我们都那么年轻

胡 识

我读高中时为了在平安夜送一个苹果给暗恋已久的她，真是在桌洞里作着垂死挣扎，我把盒子里的苹果没完没了地拿出来又放进去。

高三那年，我坐在教室的角落里，是一个不起眼的男生，班主任对我从来都是不闻不问。她坐在前排，是一个品学兼优的女孩，每次考试都能拿全校第二名。而那时似乎所有的同学包括老师都热衷于拿有恋爱倾向的人开涮，如果有男生在"情人节"那天给女孩子送礼物了，当天就会遭到同学们的取笑，隔天班主任便会把两个人请到办公室喝茶。每每想到班主任说教时，他的唾沫星子会肆意横飞，我都会心有余悸。但当我又想起这已经是我和她还能在一起读书的最后一年，我不禁又鼓足了勇气。

晚自习放学后，我在路上尾随她，我的心脏都快跳出肋间隙跳到喉咙口。我不停地给自己打气，对自己说，等她走到那家水果店后再冲向前把苹果送给她吧。可就在我准备拔腿奔跑的那一刻，我看见有很多个高高帅帅的男孩站在她的对面，他们都送她苹果，她笑得那么明媚如昨。

昨天，班主任说她的期中考试的总成绩比阿宽多出一分，拿了全校第一。她站在讲台上发言，我坐在下面呆呆地看了好久，她身穿一件紫红色的毛衣，扎着马尾辫，两颗水灵灵的眼珠子来回地在她的眼眶里滚动，我把她的一笑一颦都记在了心里。我想等到第二天平安夜送她苹果时，对她说："阿离，你昨天穿的那件紫红色的毛衣真像这盒子里的苹果耶，我好喜欢。"

　　但我最终还是没有把苹果送给她。不知道过了多久，便一个人拎着盒子又默默地回到寝室。室友们看了看我，然后问："阿识，你臭小子收到女孩子的苹果了？"我晃了晃盒子，连声说："是啊，是啊！"

　　又顿了顿，"这是她，她送给我的……"可还没等我把话说完，站在一旁的阿宽却从我的手上抢过盒子，将它拆开，掏出苹果就狠狠地在上面咬了一大口。我瞥了阿宽一眼，简直气得暴跳如雷，二话没说便给了他一拳。结果，我俩厮打起来。

　　这是存在我记忆里最深的一次平安夜，挥之不去。因为在后来的一次高中同学聚会，我听阿宽说，她从他们手上接过的那些苹果都是他们托她送给她的闺蜜，而那个平安夜，其实她在等我送她苹果。阿宽现在是她的男朋友，他一直替她保守她也喜欢我的这个秘密。

　　我羡慕那时我们都那么年轻，可以为了得不到或是送不出一个心仪已久的苹果而偷偷地蹲在水果店的门外不敢轻易进去。那是一种令我在成长的角落里哭了整整两个小时的情绪。让我在后来得以明白：那时喜欢一个人就好像一只暗黑色的毛毛虫喜欢夜空中发着光的萤火虫，追逐那一丢丢光，只是单纯的欢喜。

长发连心

顾文显

　　刚开化的季节，16岁的村姑枣核儿领小侄儿金梁在麦场晒太阳。听到货郎甩着皮鼓儿吆喝"绣针、花线、橘瓣儿糖……"金梁就哭喊着要糖吃。枣核儿没爹娘了，在哥嫂手下活着，哪里有半个钢镚儿买那奢侈品？侄儿见打不疼姑姑，索性坐在地上，把一双鞋子往泥上搓。货郎远远望见，鼓儿甩得更响，叫卖喊得更脆了。

　　可是枣核儿袄兜里还是一个钢镚儿也抠不出来。

　　这时候，过来一位走村串户的青年郎中，站住端详着这姑侄儿俩，说："这孩子，别哭了，叔叔买糖给你吃中不中？"

　　听到有糖吃，金梁立即把哭声噎回去。

　　枣核儿为难地望着郎中：你不该惹孩子。俺家虽穷，却不能让孩子贪别人的东西。

　　郎中点点头："妹子，你这辫子卖给我中不中？我出1块钱。"

　　枣核儿这长辫子油光光，亮闪闪，直垂到腰，谁见了谁夸赞。货郎也想剪了去，可只给到3毛钱，姑娘爱美，咬咬牙把货郎辞了。现在，侄儿哄不好，郎中给的价真不低呀……

枣核儿脸红了红，又是一咬牙：" 恁等着，我拿剪子去。" 说罢，转身要跑。

可郎中把她喊住："我再加1元钱给你。呐，这钱你收着。"

那年头，街坊邻居缺了啥，一律拿东西相互交换，长年也见不到个钱毛毛。枣核儿亲眼看过郎中给汪八爷治疮，火罐拔了半个时辰，薅出半罐烂脓血，郎中洗伤口、换药，还得刷火罐去，这样折腾，总共赚了两毛钱，还得赊到年根底……她哪敢接这么多钱？

"你接着，我花高价是有条件的。" 郎中再次细瞅那长辫子，拿手指量了量，"你先替我长着，谁买也不能卖了啊。我每个月初二、十二、二十二日经过村头，你得问我一声，啥时候我说剪，你再剪。中不中吧？"

现给钱，还不马上剪辫子！枣核儿盘算了一下，四周的村镇逢集她必须得去赶集，卖绣出的花样，给哥买酒，给嫂子称雪花膏呢，唯独逢二没集，这让她喜出望外，一迭声地答应，接过那2元钱，领着侄儿直奔货郎去了。

郎中在原地站了好久，然后，一步三回头地离去了。

下个初二，郎中一早经过打麦场，远远地望见枣核儿手拿剪刀候在那儿呢。问郎中："大哥，剪不剪？" 郎中仔细地端详过辫子，说，"先留着。我过10天再说。"

就这样，一晃过了年，郎中每次看过辫子，都说再长长的。枣核儿逢二头件事，就是候在打麦场等郎中，而郎中也一回没误过，只是辫子还长在女孩背后。顶到一年的光景，郎中给枣核儿加了5角长辫子钱，说再过一年要是还不铰，还给加5角。

枣核儿欢喜得什么似的，她也心疼辫子呢，所幸遇上天大的便宜事儿，白梳着长发，侄儿却有糖吃了。

从本村往东5里是连家庄，哥嫂做主，把枣核儿许配给连家庄的保来。初一这天，保来拿着条毛巾送给枣核儿，说明天要带她去县城一趟，买点胭脂、口红啥的，下月要送媒柬（相当于定亲），年底得把她娶过去。枣核儿声调立刻高了八度："我答应人了，明天不行。郎中要是来剪辫子呢？"

"他保准来吗？""肯定。""那你铰下来，让嫂交给他不就行了。""不行，答应过，他让铰才铰。"

保来立刻火了："你这么不懂事。我挺大个老爷们儿，赶不上那根辫子要紧。回去跟爹娘说说，不行，咱就拉倒吧。"

转过年，郎中又过来，量了量枣核儿的辫子，说："还得长一长。"

枣核儿一跺脚："你给我句实话。到底啥时候铰？"

郎中的脸染成了红布，结结巴巴地承认，他喜欢枣核儿，想这个方法，可以借验收辫子的机会，大大方方地看她一阵子，还可以仗胆摸一下辫子呀。

"你这长发连着我的心呢，我哪舍得让你铰？我是怕别人给铰了去。"

枣核儿杏眼瞪得溜圆："你，你，你，天底下再找不出比你更最坏的男人了。"

"你……要怎么办？"

"政府宣传《婚姻法》，我的婚事自己说了算，连家庄那男人我不要了。"

　　"我知道。"

　　"打听了？你这坏蛋，一直盯着我呢。那你得娶我。"

　　郎中好不诧异："我这么坏，你嫁我？"

　　"害苦我了！我要看着你一辈子，休想再去坏别的女人！"

和青春说再见

瘦尽灯花

　　那年我刚刚十七岁。冬天起床跑早操，散了后大家三三两两往教学楼走，即使大冬天我也买不起一件厚棉袄，冻得唇青面白，浑身直打哆嗦。他和几个男孩子说说笑笑着擦肩走过，清秀、挺拔、美好，就是脑瓜像刚出炉的地瓜，腾腾地冒着热气，胳膊上搭着羽绒服。他走了两步回头看，再走两步再回头，然后犹豫又犹豫，终于退回到我身边，把袄轻轻披在我肩上，说了一句："快穿上吧，看你冻的……"

　　"……"我惊讶得说不出话。矮矮瘦瘦的丑小鸭竟不期然得到这样的关照，真不知道该说什么好。

　　"我是三十二班的。你不用了就给我搁讲台上好了。"

　　说着他就走了。

　　从此我开始注意他。剑鼻星目，唇红齿白，天生一股侠气在。他笑的时候，感觉日月星辰都在笑，嘴角边一颗小黑痣也无比的好，连周围的空气都被他晃得哗哗地摇。

　　第二次和他打交道是在考场上，大规模期末考，换班坐。我们都早早就位，只有我身前的座位空着。考试开始十五分钟，门口有人噼里啪啦跑进来。我一边忙着答题，一边想：

谁这么牛啊。抬头一看，是他。还是那一副脑门上冒热汗的老德行，估计是从家里一路跑来的。监考老师训他："韩清，你在高考考场上这样就死了！"他嘿嘿一笑走到座位上，拿手在脑瓜和脸上一通乱抹。我看不过去，拿出自己的粉红绣花小手绢，从后面轻轻碰碰他，递过去："擦擦汗吧。"他接过来不好意思地一笑："谢谢。"

那声"谢谢"让我发晕，好像糖吃多了，甜的滋味一圈一圈化成涟漪，整个人都要被化掉了。

从那以后，他变成一尊坐在我心上的玉佛，少艾之年，如怨如慕，一个"爱"字根本当不起我对他的关注，他是那样慷慨、善良、仁慈、美好。

一天晚上，学习累了，独自上了楼顶。夜雪初霁，薄薄的微光里面，一个身形修长的男生拥着一个娇小玲珑的女孩子，正亲密地低低说话儿。他们没有看见我，我却看清了他。那一刻，有泪想要流下，又觉得有什么梗在咽喉，堵得难受。没胆子惊扰他们，只隔着玻璃门看了两眼，悄悄转身下楼。

高考结束的那个暑假，我费尽心机才打听到韩清考到了北京一所著名的医学院，而且和那个女孩已经分手。这时候我也拿到录取通知书，马上就要去本地一所名不见经传的专科学校报到。这下子一边感觉到离愁，一边又高兴得蹦蹦跳跳。

大专生活刚开始，我就陷进一个情感的漩涡里面，被一个只想玩玩不想负责任的男生耍得团团转。心情难过，无人可说，一个人在瓢泼一般的大雨里走，楼上有人没心没肺地起哄尖叫。这个时候，韩清在哪里呢？我给他写了一封又一封的信，又亲手一封又一封地撕掉。也许，我应该冒充一个不知名的笔友，给他写一封不署姓名的信，诉说千里之外一个陌生人的痛苦、失望、爱恋、难过——不知道那会是什么效果。也不过想想罢了。

那个男生正式和我SAY GOODBYE的时候，好像头顶上悬了这么久的铡刀终于落下，既疼痛，又解脱。那一刻只想见到韩清，一时冲动，天生路痴的我居然跑去买了一张直达北京的火车票。

当我终于站在辉煌壮观的医学院大门口，有泪珠悄悄滑落。此时的我，不复当年的黑瘦弱小，也有了明眸和皓齿，桃腮和浅笑。奢望如蛾，在暗夜里悄悄地飞舞。

七扭八拐才打听到他所在的宿舍，然后请人捎话给他：大门口有人找。二十分钟后，韩清出现了。一身运动服罩在身上，还是俊朗挺拔的身姿，还是红唇似花瓣的鲜润，还是那样剑眉星目的温柔。可是，他是和一个女孩子肩并肩走出来的。那个女孩子眉目清爽、面容安详、满身都是青春甜美的芬芳。

看见他们的那一刻，我早已经退到远远的马路对面，一任他们在门口焦急地东张西望。过了好久，他们一脸愤懑地离开，我却一直在他的校门口磨蹭到傍晚，又吃了一碗朝鲜冷面，才十万火急地坐车往西客站赶。就在我刚坐上公交车的那一刻，一回头，正好看见他和那个女孩子说说笑笑地走进我刚走出来的那家冷面馆。

我痛彻心扉地意识到，从开始到现在，我们从来就不在一个世界。无论我是幸福还是忧伤，他始终都只能是我青春的信仰，却不能是我爱情的方向。

我和你，终究只能是两面之缘。

我终究要和你说再见。

你终究只能在我的记忆里面开成一朵莲花，绽放无边无际的绚烂色调，那是不属于我的美好。

夕阳模糊，晚云镶着金边，路旁的树叶像是金子打成的，被风搅得稀里哗啦地响，一个傻傻的女孩子就这样被空旷的孤单和荒凉的寂寞包裹。

那就这样吧。就这样。

还是要感谢命运，虽然它让年华步步远去，各色人等徐徐消退，却仍旧在二十年后的同学聚会中，送给我一个坐在远远的圆桌那边的一个侧影，眉目一如当年。

聚会已毕，人群四散，他说拜拜，我说再见，挥手作别的那头，仿佛是我恍如隔世的青春。我的心也在多年提悬之后，缓缓放下，甚至觉得充满。

他不知

许冬林

　　美人鱼将自己的尾巴用刀子割开，在巫婆的法力下，变成了两条腿。她为了能陪在王子身边，为了取悦王子，忍住撕裂滴血的疼痛，去跳动人的舞蹈。可是，真的好疼，好疼，王子他不知。

　　她必须要嫁给王子，否则，咒语就会灵验：她变成气泡，永远消失。王子娶了别的姑娘，王子不知美人鱼救过他爱着他。美人鱼真的变成气泡了，没有了，小朋友听故事听到这里哭起来了，可是王子他不知。

　　《红楼梦》里，宝玉大婚，大观园里的小姐丫鬟们都忙着当差看热闹去了，只有黛玉主仆在潇湘馆，冷冷清清，形影相吊。越剧《黛玉焚稿》里，王文娟版的黛玉在唱："这诗稿不想玉堂金马登高第，只望它高山流水遇知音，如今是知音已绝，诗稿怎存？把断肠文章付火焚。"

　　一身青布蓝衫的林黛玉，手捧诗稿，身倚病榻，满腹悲辛，将因宝玉而写的那些诗稿付炉一炬，宝玉他不知。

　　宝玉那里，是人影簇簇，红烛昏罗帐。咫尺远过天涯，黛玉这里，是悲叹，是怨恨，是绝望。焚过诗稿焚诗帕，这爱情，破碎就破碎，彻彻底底破碎。都走了，都焚了，都碎了，从此天地茫茫干净，只落得一弯冷月葬诗魂……宝玉他不知，他不知啊！

有一年的春暮，我一个人走在大街上，阳光好白好厚。可是心中一念生起，悲意盈胸，于是堕下两行清泪来。汹涌人流不识我，也不知道我忽然到访的悲伤，我可以低头放任泪水，不必急于擦去。我春日流泪，他不知。我不说，他怎会知？我说了，他也许也会忘记。

两个人，再怎么近，也很难真正地无缝对接。许多时候，一个人，迎向另一个人，像收听广播，在拼命调频，可是依旧声音模糊，嗞嗞半天，终于意兴阑珊，咔地关掉开关。

我心有冷月，有蛮荒，他不知。

听黄梅戏表演艺术家马兰唱《十年生死两茫茫》，那是苏轼的词《江城子》，谱了黄梅曲调来唱的。苏轼的这首悼亡词，被马兰一演绎，听起来愈加深情凄婉。"十年生死两茫茫，不思量，自难忘。千里孤坟，无处话凄凉……"生死大别，痛的从来不是驾鹤仙去的人，而是健在的那个，像个弃儿，承受无处话凄凉的独自衰老，承受永无止息的思念，承受梦里相逢梦后终虚空的断肠。

他尘满面鬓如霜，她不知。他明月夜里独自遥望短松冈，她也不知。她是远去的云朵，已经化作水滴，归入千万条江河。他怀揣着有她的记忆在人世浮沉展转，小轩窗，正梳妆，都还历历在眼前，在心底，她都不知。她是那么绝情，一去永不回眸，连隔世窥看都不曾。她的绝情，她也不自知。

人世间，有一种凝望，永远是独自凝望，单向的凝望。思君千万回，他不回顾。

"红楼隔雨相望冷，珠箔飘灯独自归。"李商隐的《春雨》里的句子，最是冷艳凄美。在惆怅雨夜，隔着连天连地的春雨，遥看伊人居住的红楼，内心清冷，这情境伊人不知。只有这雨丝，长长长长，如珠帘飘落在灯笼上，只好独自提灯，转身回去，这落寞伊人也不知。

怀人，从春昼，到春夜，怀得艳艳红楼在春雨里也冷寂下去，伊人都不知。

有些爱和痛，只是一个人的编年史。是一个人的低徊，一个人的冷雨。他不知。

姨公姨婆的爱情

姨公姨婆是两个怪老人。怪就怪在亲夫妻明算账。姨婆养了一群鸡，下的蛋一个不吃，都攒在一个大肚坛子里。姨公要吃，得拿钱来买。按市价，几毛钱一斤就是几毛钱一斤，不带优惠的。姨公痛痛快快给钱，煮挂面卧鸡蛋，金黄的小磨香油，碧绿的香菜，雪白如云的鸡蛋，呼噜呼噜地吃。香啊！姨公问她："你吃不吃？"她白他一眼，气哼哼地说："不吃！"转回身继续喝她的棒子碴粥，清汤寡水，照得见人影，镜子嘛！一边喝一边用手摁摁腰间那个蓝布手巾包包。卖鸡蛋的钱，在哪里呢。姨公就笑，心里骂她傻老婆——自己当掌柜的，一家子吃喝穿戴，打油买布，都从这里开支。这钱入到里面，听不见一声响儿，就没了，她还不清楚怎么没的。便宜了姨公，吃完好的，脖子一梗，理直气壮："我花钱买的，怎么样？！"

这是三十年前的事了。张爱玲眼中，三十年前的月光，只是铜钱大的一点红黄湿晕，模糊、伤感。从三十年前一路走过来的人，回看这三十年的日月风霜，不知道又该作何感想。

四十多年前，一乘旧红花轿（租来的）把姨婆抬进姨公的家。从村里嫁到小镇，图的不用挥镰割麦，下力受苦。姨公有手艺，会打铁，一着鲜吃遍天。那个时候打铁是热门职业，一个好手艺人顶得上现在的在职干部，收入稳定，还时不时能啃着猪蹄子捏着小酒盅开开荤。

姨婆进门就当后妈。前姨婆留了三个孩子死掉了，这三个孩子一字排开，八岁、七岁、六岁，统统穿脏兮兮的衣裳，靠墙根吮手指头。让叫妈死也不肯，姨婆这时后悔都后悔不来了，天杀的媒婆把他家夸成一朵花，谁知道进了门是歪橼烂瓦的烂菜瓜。

后妈不好当，拖家带口的日子不好过，一个又一个娃娃雨后春笋般冒出来，到最后八个孩子一字排开，天大的耐性也磨没了，于是姨婆开始变得怪僻，姨公也变得暴戾。

姨公的暴戾是尽人皆知的，打铁的汉子，火烧房的脾气。哪个孩子没挨过揍呢。脾气上来梆梆地捶。我的姨婆也不能幸免，时常她的后背就充当了打铁的铁砧。当第九个孩子出世的时候，姨公忍无可忍，一把把孩子拎过去就扔尿桶里了。那个时候，溺婴虽说很常见，但也真是残忍啊！

八个孩子要穿衣，要吃饭，要上学，姨婆越发抠抠搜搜，极尽节俭之能事。鸡蛋卖钱就是这时候的产物，穷困的日子极容易让人失去理智。

穷吵恶斗，家反宅乱，姨婆的夜半哭声一度是这个小镇的一景。声音由低到高，由幽微到尖锐，先是哭的妈，再是骂的姨公，然后就听到咚咚的声音，姨爹的拳头一边雨点一样下，一边怒吼："半夜三更你他娘的嚎哪门子丧！"几个孩子齐声大叫，大一点儿的孩子拉开门闩分头跑出去叫人："快救救我娘吧，她快被我爹打死了！"被烦得头大的邻居一边摸摸索索穿衣起炕去劝架，一边心里骂："两口子天天打，半夜也不让人好睡，他妈的！"

有一度，我想着他们的日子准过不下去了，离了算了。谁知道到底是老年古代的人，硬是要得，把摇摇欲坠的婚姻居然维持了四十多年而不倒。四十多年的鸡声鹅斗，听也听惯了，乍一静下来，还真不习惯呢。

是真的静下来了。孩子们都大了，结婚、出嫁、搬出去住，只剩下两个老人，姨公不用打铁了，姨婆也不用卖鸡蛋了，孩子们孝敬的就够花了。架也不用吵了，已经够静了。谁知道越来越静，姨公开始变得不爱说话，看见谁都好脾气地嘻嘻笑。见到老三叫老四，见到老四叫老五。六表姐得急病死了，姨爹也哭："苦命的桂芝……"桂芝是二丫头，就在他身边，也正哭妹妹呢。他这一哭把大家哭愣了，全瞪着眼睛瞅他，他还在那里十分投入地悲痛。

老三凑到他跟前："爹，看看我是谁？"姨公抬眼看半天，一脸迷茫。六丫头下了葬，几个儿女就把他送到医院，检查结果是脑萎缩，就是老年痴呆。

得了脑萎缩的姨公整个人一天天呆下去，呆下去，只知道坐着。过年也不知道是什么节气，看着眼前川流不息的人群发愣，到最后干脆闭上眼睛，听任自己陷入一片越来越浓的混沌。渐渐地，他的世界里只剩下了一个人：香。他走到哪里叫到哪里：香，香，香……"香，我饿了。""香，我去厕所。"看见谁都叫香，男的，女的，老的，小的。他一叫，就有一个人越众而出，或者应声而至。这个人，才是真正的香——我姨婆。

姨公越发像个小孩子了，姨婆每次上街，他都要尾巴一样地跟着，串门也是，姨婆和别人拉闲话，他就在一边呆呆地等着。到最后居然去厕所都跟着，姨婆往外赶他，他瞅着姨婆，骨碌着两只大眼嘻嘻笑，像个孩子。姨婆也就随他了。

中秋节，我去看望他二老，表哥表姐们都在，团团围坐包饺子。姨公在一边坐着发呆，我问他好，他不理我。一会儿姨婆被邻居急匆匆叫走了，他一抬头不见她，开始不安地乱动，眼睛前后左右乱找。我们一边宽慰一边把他安顿在炕头上。

饺子出锅了，姨婆还没回来。大家先吃，大表姐给我盛了一碗："丫头，快吃。两年没来了，工作很忙吧？"我一边说着是啊是啊，一边拿筷子，一抬眼看见姨公瞪着我，眼神里充满戒备，吓我一跳，赶紧放下筷子。表哥表姐赶忙劝："爹，这是小凤，你不记得了？小时候，她天天来呢！"看他放松下来，我才开吃，他急匆匆抓过一双筷子，也吃。谁知道那样老的人了，吃东西恁快！一会儿工夫两三碗就没了。我纳闷，一抬眼，姨公正鬼鬼祟祟瞪着我，一边搞小动作。他穿一件旧绿军大衣，在屋里也不肯脱，正偷着往胸袋和袖口里塞饺子，抓一个一塞，抓一个又一塞，我看得目瞪口呆。大表姐也发现了，拉他："爹，你干吗？脏死了！"他力气挺大，把大表姐推一个趔趄。表哥说算了别管他了。

正乱着，姨婆回来了，进门先问："老头子呢？吃饭了没？"姨公一见她，像小孩子见了妈，激动得两脚绊蒜，扑着迎接，把她拉到屋外，喊喊喳喳说小话。我们扒着门缝往外看，姨公从口袋里、袖口里，这里、那里，拿出一只只被挤扁、压烂的饺子，往姨婆嘴里塞："香，快吃，给你留的，他们快给吃光了……"

姨婆骂："死老头子，把衣裳弄这么脏，谁敢给我吃完，那不是还有好多。"一边骂声音就颤抖了。我的泪哗哗就下来了。其时我正经历着婚姻危机。感觉自己的婚姻太过平淡，十分不完美，实在搞不明白两个不相干的人生活在一起有什么意义。我和先生已经一个多月既没有同床也没有说话，把对方当空气，搞得我对白头偕老这个词十分质疑。现在看来，所谓白头偕老，大概就是老了之后，还有人依恋、有人惦记、被人挚爱，有人在人潮汹涌里，意识模糊之际，还记得自己，藏饺子给自己吃吧。

现在姨公已经没了，弥留之际还是骨碌着两只大眼，莫名其妙地看着一屋子人。只要姨婆到跟前，他就会笑，笑得很开心。我相信姨婆是他心上最后的印象、世上最紧要的爱恋。虽然已经混沌如婴儿，但对姨婆的爱将伴他上天入地，无论到哪里。

姨公没的当天，男女小辈们白茫茫一片孝，都去送丧，按照风俗姨婆不能跟去。她本来坐在椅子上，神态平静地接受大家的安慰，一边说："他走了，我也就安生了。这个老东西子拖累得我好苦。他死了，我从今往后，串门子、走亲戚……"谁知道我们前脚出门，她后脚踉踉跄跄扑跪到院里，大哭："我那人啊！你扔下我不管，我那狠心的人啊……"满院子的白雪。

什么叫爱啊？不用再问了。世间种种，风生水起，有朝一日水落石出，只要肯相伴一生，就算没有玫瑰、香水、钻石，一饭一丝，吵架、哭泣、和解，都是爱情。

春天的另一面

澜晓曦

不久前，一向对娱乐新闻反应迟钝的我在报纸上看到苑琼丹同香港豪门黄乃扬成婚的报道。说实话，此前，我对这位周星驰电影里的著名丑角"石榴姐"的了解十分有限，更不是她的影迷，让我关注这则报道的也不是她嫁入豪门，让我关注的，只是她结婚了。

在黄乃扬之前，苑琼丹曾有过一段凄美的恋情，那个男人叫林正英，一个被媒体和影迷誉为"僵尸道长"的男人。

苑琼丹和林正英，一个热烈如火，一个冰冷似霜，当两人在电影《僵尸道长》的拍摄中相遇，林正英那从肌肉到骨子的冷峻严肃，却火种一般地点燃了苑琼丹心中的爱情烈焰。于是，一出凰求凤的爱情大戏随着《僵尸道长》的拍摄也上演着。当时，林正英刚刚和前妻离婚不久，为了弥补一双子女爱的缺失，除了演戏，林正英几乎将所有的心思都倾注到子女身上，以至于面对苑琼丹一日烈于一日的爱情攻势，他表现得一直很冷淡。一天，拍摄结束，苑琼丹借了一辆车，要送林正英回家，林正英却不解风情地说"我有脚，自己行"。一番好心被如此冷落，苑琼丹委屈得不得了，又爱又恨的她，情急之中一把抓住林正英的胳膊，狠狠地咬了一口，自此，林正英的胳膊上留下了她们的爱情齿痕。随着《僵尸道长》的拍摄结束，两人的爱情终于走上快车道，1996年，苑琼丹从跑马地迁居到西贡，开始与林正英共同生活，一起种花种草，一起看日升日落……

于80年代中期凭借捉僵尸的茅山道长形象走红香港和东南亚影坛的林正英先后拍摄了多部僵尸类影片，并获得了观众的肯定。原来，人们以为重获爱情的他能够奉献出更多优秀影片给观众，但是，1997年11月，林正英因患肝癌病逝。这也让苑琼丹和林正英，这对堪称中国现实版的"人鬼情未了"的凄美恋情，伤情谢幕。

林正英被确诊身患肝癌，并且时日无多后，因不想"博人同情"，毅然向苑琼丹提出分手，并搬出两人同居的住所，去了一个不为人知地方由妹妹照顾，并坚决不让苑琼丹去看望他。后期，林正英不得不住进医院，自觉病相太过恐怖的他，更加不允许苑琼丹去看望他。苑琼丹知道，林正英这样做，是因为知道，她若看到林正英的病状，一定会很难过。虽然有百般的不情愿，但深知林正英性格的苑琼丹尊重着林正英的选择。自己心魂相许的男人在遭受着病魔折磨，自己却连陪伴身边都不能，那该是怎样的无奈、痛苦？于是，在林正英最后的日子里，苑琼丹一刻不停地工作。工作时，总是笑脸迎人，而每次转身独处时，泪水便断线珠子般滚出眼眶。

人空瘦。在苑琼丹一日瘦于一日的消瘦中，林正英停止了呼吸。当时，苑琼丹出演的《真情》剧集正值拍摄的紧要关头，人们关注着她是否会参加林正英的葬礼。葬礼当天，当苑琼丹披麻戴孝地出现在林正英的灵堂上，以未亡人身份哭咽着答谢参加葬礼的客人时，香江泪雨纷纷。

目极千里兮伤春心。

苑琼丹和林正英演绎的爱情佳话被岁月渐渐藏起。逝者不再知人间冷暖，而生者势必还要在尘世行走。失去了林正英，以及林正英爱情的苑琼丹，将会把情感和生活落在哪里？是唐琬和陆游分离后，唐琬般的抑郁早亡？抑或是陆游般的余生痛悼？终于，在漫漫沉郁的流光之后，苑琼丹给出了她的答案——再婚。此刻，她再婚的对象是什么人，什么身份都不重要，重要的是，她再婚了，她用行动诠释了爱情、生命和生活的真正意义——多么美好的过往，都不该成为掣肘追求美好未来的绳索。

今夕何夕！

尘世的爱情，难以一一都圆满。遭遇背弃，遭遇无奈，甚至，遭遇死别……但是，任何凋亡的爱情，都当初始于美好的渴求。是不是，曾经那么痴情的爱情，一旦凋亡，就要痛恨？就要鸣悼？甚至，就要用余生的日夜去孤守怀念？

春天的另一面，不该是绚美凋谢的残痕，而应是另一个春天。

爱情也当如此，爱者所渴望和追求的，是让彼此更加美丽、温暖、幸福。当爱情不幸夭亡，深挚的爱者，懂得珍惜曾经的幸福和温暖，并能够在接下来的日子里，学会将过往的一切沉淀，沉淀出丰厚、滋养自己的甘露，让自己更绚烂更魅力地去追逐另起一行的幸福和温暖；而绝不是用来成为阴影的。

唯有这样，才不会辜负了那凋亡的爱情吧！

繁华落尽，春天的另一面，并非"原来姹紫嫣红开遍，似这般都付与断井颓垣"，而是倾城月光，而是别样的地老天荒，而是另一个春天……

第四辑

星月点缀夜空，
朋友点缀人生

我们是朋友。

我们走在同一条路上，克服着环境、经历、地位、性别带给我们的不同局限。有的人走得快，有的人走得慢，而那走得慢的也不必担心，走得快的永远会伸出手来，拉你一同前进。

因为我们是朋友。

一张寄给自己的贺卡

周 礼

陈新是我们班的班长，学习极佳，其他方面也很优秀。每一位科任老师上课前，总是忘不了夸他几句，并要求大家以他为学习榜样。长期下来大家不免心生嫉妒，加之陈新生性高傲，难以靠近，所以大家都不喜欢他。

一学期下来，陈新被完全孤立了。体育课上，当大家三五成群，打球的打球，下棋的下棋，跑步的跑步，唯独陈新一个人孤零零地站在操场上看着别人玩耍。文艺活动课上，大家开心地唱歌跳舞，你一句我一句地说笑，只有陈新一个人坐在教室的角落里，捧着一本书一言不发。

本来这样的局面还能够基本维持下去，可是有一年冬天却发生了一件事，使陈新陷入了极其尴尬的境地，也使大家的心灵得到了一次全新的洗礼。

那年冬天，临近新年，天空飘着丝丝雪花，同学们陆陆续续收到了远方亲友寄来的贺卡。那个时候，校园里很流行寄贺卡，每逢重大节日，大家都会给自己的好友寄去一张贺卡，表达一份诚挚的祝福。然而这一天，两年来从未收到过贺卡的陈新，却收到了一张精美的贺卡。当听到班主任老师念到陈新的名字时，同学们的眼睛都睁得圆圆的，简直难以置信，像陈新这样的人还会有好朋友。

只见陈新昂着头，得意扬扬地走上讲台，领取了自己的贺卡。那一刻，我听到全班同学的牙齿都咬得咯咯直响。

本来这件事应该淡淡地过去了，谁知有一位好事的同学趁陈新不在时，偷偷地将他的贺卡拿了出来，那个好事的同学像发现新大陆似的尖叫起来，并迅速在全班广播。原来陈新的贺卡是他自己寄给自己的。有同学不信，拿过贺卡来看，从字迹判断，的确是陈新写的，因为陈新的字很有风格，大家一眼就能辨认出来。大家欣喜不已，脸上都露出了一丝不怀好意的微笑。这一下，大家仿佛找到了一个可以打击陈新的秘密武器。

陈新回到教室，见所有的同学都用异样的目光看着他，甚至有几个比较激进的同学还鄙夷地朝着他说：别看平常装作一副正人君子的模样，原来不过是一个伪君子，一个爱慕虚荣的小人。陈新看看桌上的贺卡，再看看四围同学箭一般的目光，他立刻明白了一切。

陈新的表情十分复杂，说不清是愤怒，是痛苦，还是悔恨，或许都有吧。陈新什么也没说，一路哭着跑出了教室。他的身后是一片潮水般的哄笑声，陈新从来没有这么狼狈过。望着陈新一颤一颤的背影，两年来郁积在大家心中的不满，在那一刻得到了完全的释放。

然而，笑过后，大家的心里就开始落空。一天、两天、三天……七天，陈新的座位一直空着，那空位就像一把利剑，直插大家的心脏，让大家不安，让大家痛苦，让大家自责。陈新有一个星期没来学校了，听他们同村的一个同学说，他不想读书了。这时，大家才意识到事态的严重性，纷纷到班主任老师那里说明情况。后来在班主任老师的带领下，同学们选了几个代表去陈新的家给他道歉。来到陈新的家时，大家都震惊了，只见两间破旧的瓦房，四壁空空，甚至连墙也没砌，家中唯一值钱的东西就只有一台黑白电视机。

陈新回到班上不久，他收到了56张贺卡，那是全班同学寄给他的，表达了每一位同学的歉意和祝福。同时，除陈新外，每个同学都收到了一张自己寄给自己的贺卡。那一天，我们都流泪了，为陈新，更为我们的年少无知。

我的缺点请悄悄告诉我

周 礼

半期成绩下发后，我再次被排在了第二名。我的心里有一种说不出的滋味，有失落，有嫉妒，也有愤恨。也许这是我的宿命，两年多来，不管我如何努力，始终无法打破这个格局，每次考试下来，总是汪小菲排在我的前面。

我想破脑袋也想不明白，汪小菲，一个从山沟沟里走出来的穷孩子，父母都是土里土气的农民，像早教、智育、家教这类词语，他们连听也没听说过，可汪小菲就是长了一颗聪明的脑袋，无论在哪个方面她都优秀得让人无可挑剔。而我从小生活在大城市，祖上三代都是书香门第，父母都是高知分子，懂得如何培养和教育孩子，并且上学后还特意为我聘请了一个家庭教师，可我的成绩就是顶不了尖。

事实上，汪小菲的每个方面都只高出我一点点，在别人的眼里，我也非常优秀。在班上，我是班长，她是学习委员，按理说我应该感到很满足，可不知为什么，我就是无法释怀，总希望能把汪小菲比下去，哪怕是用比较拙劣的手段。

机会终于来了，那天早上，我去操场上跑步，无意中听到一个女生对另一个女生说："你知道吗？我们宿舍里竟然有人打鼾。"另一个女生好奇地问："是吗？我还从来没有听说过女生打鼾的，这个人是谁呀？"刚才那个女生神秘兮兮地回答说："她叫汪小菲。"另一个女生疑惑地问："就是去年奥数获得二等奖的那个汪小菲吗？""当然就是她，难道我们学校还有第二个汪小菲呀？""真是让人难以置信，如此俊秀的一个女孩竟会在睡觉时打鼾。""可不是嘛，烦都烦死了！每晚都吵得我们无法睡觉。"

听了这两个女生的对话，我不禁暗自窃喜，心想，这下汪小菲要倒霉了。随后，我在班上和学校四处散布汪小菲睡觉打鼾的消息。果然这个消息立刻引起了同学们的注意，如一枚强力炸弹一般在学校里辐射开来，以至于全校的学生和教职员工没有一个不知道汪小菲睡觉打鼾的。

接下来几天，不少同学在汪小菲的背后指指点点，更有好奇心强的人甚至向她当面求证，这令汪小菲尴尬不已，恨不得找条地缝钻进去。汪小菲的自尊心受到了严重挫伤，我发现她那挺拔的腰肢变得弯曲了，她那高昂的头颅变得低垂了，走路时总是步履匆匆，连上厕所都要等到没人时去。那段时间，因为自己的缺陷，汪小菲自卑到了极点，连学习的兴致也大幅度下降。她像突然变了一个人似的，上课时老是走神，课余也不愿与同学亲近和交流，总是一个人独来独往。

事后，我也觉得自己做得有些过了，尤其是看到汪小菲那痛苦不堪的样子，我的心情一点儿也不轻松。我没想到自己的一时之快，竟对汪小菲造成了如此大的伤害。最终，我受不了内心的煎熬，写了一张道歉的纸条，悄悄地夹在汪小菲的数学课本里。谁知汪小菲却不肯原谅我，看见我像看见仇人似的，我从她身边走过时，她连眼皮也不抬一下，在处理班上的日常事务时，她也总是尽量避开我，不与我正面接触，要知道以前这一直是我们相互合作的。我十分后悔，也十分自责。

随着时间的流逝，这件事渐渐被大家淡忘了，汪小菲也从自卑的阴影中走了出来。就在我准备全力备战期末考试时，却发生了一次意外，我不小心从楼梯上滑下来，摔断了一只脚，住进了医院。同学们都陆陆续续来看过我，但唯独不见汪小菲的影子，我感到有几分难过，我知道她这一辈子都不会原谅我了。

就在我胡思乱想之际，汪小菲捧着一束鲜花，笑盈盈地出现在了我的病床前。我怎么也没料到她会来看我，更没想到她还会主动提出为我补课。那一刻，我感到我的眼里有热乎乎的东西涌出，我哽咽着对汪小菲说，对不起！我不该嫉妒你，更不应该在背后说你的坏话。

汪小菲轻轻地拍着我的手说，你好好休养，事情都过去了，你不必自责，况且那事也不全怪你，是我自己迈不过心里的坎，现在我想通了，谁的身上没有缺点呢？不过，如果可以，以后我的缺点，请你悄悄地告诉我。

咱是兄弟

蓝雪冰儿

不是亲兄弟，哪来的真感情？李伦最反感别人跟自己称兄道弟啦。每次，他听到别人说咱是兄弟的话，就觉得恶心。

曾经，李伦也相信过兄弟感情。可是，这三十年来，他一想起这些，就骂自己是猪脑子！所以，他一直叮嘱儿子，好好学习，给老李家争口气。

儿子果然没让李伦失望，大学毕业后，在北京找到了工作。

前些年，媳妇去世后，儿子接他去北京住过几天。李伦才知道，北京房子贵，儿子一家只能挤在一间小屋子里。他借说自己住不惯城里，回老家了。

回来后，李伦转来转去的都是一个人，感觉孤独了。而就是孤独的日子，他才会不经意地想起那些陈年往事。

那个时候，李伦还是个壮小伙子。卫民是对他最好的一个人，整天对他兄弟长，兄弟短地叫。说实话，李伦也把卫民当成兄长了，亲兄长。所以，当卫民告诉他，学校里有个好差事，问他去不去的时候，他连想都没想，就说去。

回家后，母亲说，我就想不明白了，人家卫民比你大好多，怎么会跟你称兄道弟呢？

李伦骄傲地说，咱有魅力呗！

李伦知道自己在吹牛。其实，他也想不明白为什么卫民跟自己那么投缘。他想，也许这就是别人所说的缘分吧！

第二天，卫民就把李伦领到学校，让李伦参观了他的办公室。还悄悄地告诉李伦，以后，会让他也坐办公室。李伦看到卫民的办公室墙上贴着两个用毛笔写的大字——兄弟！卫民指着这两个字问李伦，怎么样？李伦点点头。后来，李伦曾经后悔过，自己被这两个字给骗了。

可是，接下来，李伦做梦也没有想到，作为学校的副校长的卫民却只给他安排了食堂伙计的工作。当时，卫民的工资是每月一百块，而自己的却只有十五块。

卫民安慰他说，干什么都得有个开头，慢慢来！

谁知道，这个慢慢来，把李伦磨炼成了师傅，却还是连书本都没拿过。当村子里的人给李伦介绍了对象，两个人结婚后，李伦终于报复了卫民，连招呼都没打，就带着媳妇外出打工去了。

李伦以为，等自己发达了，再回来给卫民看看。但是，还没等他发达，卫民就举家搬到北京去了。母亲埋怨他，出去打工不该不给家里留个地址。李伦想，这样也好，以后可能再也见不到卫民了。

那个时候，信息还不通。再说了，李伦也不想去打听他的消息。在他看来，卫民对不起他，就是上赶着来找他，他也不会理卫民了。

时光飞逝，因为有在学校当厨师的经验，李伦的生活虽然不富裕，但也并不拮据。时常，他会不经意地想起卫民，然后心里就发堵。

媳妇就劝他，好歹你也学到了手艺。那些陈年往事，就让它们过去吧！

李伦叹着气说，怎么能过去呢？有手艺不照样是累活。我一直想，我也能当一名老师的，而且会当得很好。

李伦说得没错，他只是没有机会。要不然，凭他的学历，凭他的能力，自己当一名老师那是很称职的。要说，别人不提这个事，他倒是不敢想。但是，当年卫民为何要提？为何给了他希望，又让他失望呢？所以，他应该恨卫民。

媳妇劝不了李伦。后来，媳妇去世后，就再也没人劝李伦了。

没人劝后，李伦倒平静了。他想，自己老了，也该释怀了。他想平平静静地安度晚年，却得了重病，两条腿都做了手术，活动困难了。儿子要接他去北京。李伦想着那狭窄的屋子，猛摇着头。

一天，一个陌生的客人来看他。

相视无语后，李伦认出了眼前这个白发苍苍的老人，就是自己恨了三十年的卫民。卫民说，他是来接李伦去北京住的。他告诉卫民，自己有个大房子，也有保姆，就缺个兄弟做伴。

李伦想，这是你欠我的。所以，他不顾儿子的反对，硬是要跟卫民去。

李伦和卫民坐上北京的客车的时候，遇到了当年的老校长。老校长跟李伦说，卫民对你可真好啊！

李伦哼了一声。

老校长哈哈笑着说，当年，为了你能说上媳妇，卫民不知道求了我多少次，让我给你安排一个学校的差事。还有啊，他去北京时，也想着让你来教书，却没能找到你。

卫民不好意思地说，老校长，都是些陈年往事了。

李伦拽住卫民的手，说，哥，我……

卫民说，啥也别说了，咱是兄弟嘛！

癌症与谎言

顾文显

"四人帮"倒台后，我们那边还有路线教育工作队，他们把大队会计整了七个月，整出贪污七千元的"战果"，还在全市通报，当时我当小学教员兼小队会计，很懂账目，只用了六个下午，便把那七千元贪污额推翻了六千二百多，吓得工作队长不让我插手。此后我挨了一年整，但我账目清，他们奈何不得，最后只好收兵。

这件事给我最大的收获是认识了二小队姚会计，彼此欣赏对方有正义感，相处得如亲兄弟一般。后来，他摔了一跤，脑袋疼，颧骨处凸起一个包，疼痛难忍。去市里看了多次，无效，医生说，怕不是好东西（指癌），到省里看看吧。那时我调到市群众艺术馆工作，见姚大哥病成这样，便借了钱，陪他去长春看病，临走时，嫂子暗暗嘱咐我："你大哥心窄，万一看出是绝症，千万瞒住他，不的话，怕要扔在长春了。"我暗暗上了心。

一路上，我尽买好吃好喝的，哄他开心，到了省医院，盼到一个专家、教授亲自出诊的日子，我领他去看病。事先，为了麻痹他，我与他喝酒谈天时，把肿瘤跟癌区别开来，说肿瘤恶性的厉害，要手术的，因为我知道农村人怕癌，却不知恶性肿瘤是何物。

看了片刻，姚大哥出来："兄弟，大夫让你进去一下。"我的心咯噔一家伙，不祥之兆，大夫找我干吗？

老大夫对我说："你哥那病，是恶性的。这样，先化验化验再说。"

化验室外的走廊里光线特暗，抽完血，我把姚大哥送到楼上，骗他说，医生让他在二楼等，我怕他看到结果。安排好后，我怀着焦急而沉痛的心情，去化验室外候着，心里还要酝酿一个个方案，癌症十有八九，我得设法瞒住他！

化验室特忙，几番进去催问都被人家赶了出来。我正焦急呢，忽然对面一个房间里水龙头鼓了，满走廊是水，整个楼层顿时大乱。我好奇地挤过去看热闹，正在这时，耳朵里听到一声"姚忠林——"，我知道出了结果，一扭头，坏了，姚大哥等急了，下来问呢，听到女护士喊他的名，就说："我是。"伸手接了过去！

我顾不得走廊里有水，"叭叭叭"地跑过去一把将化验单抢回手中，只瞥了一眼，便揣进上衣兜里，说，"走，找大夫看去，它写的英文。"

只瞥那一眼，我从头凉到脚跟：化验单上盖着一个长方形大戳，5个字："找到癌细胞。"

我恨不得找到那个女护士，扯腿劈了她！这样残忍的事实，怎好随便交给患者本人，若不是我手疾眼快，后果不堪设想！

结果我都料到了。当我把姚大哥哄在门外，单独去找那老大夫时，他看了看，说："赶快回去，最多两月，过不去阳历年。你到纽约去，也没治。"

我强作镇静拉着他回了旅店，说："教授让我明天看结果呢，我自个儿去就行。"这天我们又是吃得相当好，我知道他的时日不多，所以特舍得花钱。

第二天，我冒着刺骨寒风在长春转，终于在一家药店买到一种小粒儿补脑药，药片上没任何文字，我又买了一些白纸药口袋，把那瓶药分份儿包装好。回到旅店，我皱着眉头。姚大哥问我："怎么样？"我说："不太好，大哥，大夫说你这瘤里有癌细胞，假如心情不好，只能活三年啦，就是心情好，六七年也还得送命，幸好他们才研究出这一种新型抗癌药，说让你回家吃了试试，有效，接着吃，也许能把癌细胞全部杀死，那样就没事了。"

我知道姚大哥心眼特多，若说："你没事儿，很快就好。"他准会识破我的谎言，这么把事实缩小讲出来，他果然上当，兴高采烈地吃了两条鸡大腿和一些酥饼，并说："还有三年？那我的小瞎女儿也长大了，没心事喽。"

安安全全把姚大哥送回家，他的精神一下子好起来，与去省城前判若两人，吃完饭，干些轻微劳动，他的一只眼已失明，仍然乐观地说："什么三年？我一使劲，备不住赖过去了！"

一月末，姚大哥打发他儿子送来一些礼品，并邀我去喝了好几次酒，他对家里人说，就想小顾，等病好了，到市里找个打更的活儿干。

姚嫂子也感谢我，说："小顾就是机灵，换个别人，老姚回不来的，年更甭想过去。只是让你花那么多的钱，啥时能还上？"我十分激动地说："再提那笔钱，咱立即断交！"

旧历正月十三，我出门归来，山里派人捎信已两天了，说姚大哥生命垂危，想我。我脑袋登时大了一圈，连夜赶去那里。

姚大哥已瘦得不忍触目，整个脸上只有那红鲜鲜的肿瘤特别刺眼，昏死过去几次了，听说我来了，他抓住我的手，好久，睁开那只能视物的眼，说："兄弟，你可来了！"

他示意别人出去，只留下嫂子和我。然后，姚大哥使劲握了握我的手，说："兄弟，我对你不住，大哥实在挺不住了！"

停了好久，他积了点精神，道："化验单一到手，我就看见了那印戳，知道完了。我看见你压着悲痛演戏，你知道我多难受！我想，一定硬挺着，为我的好兄弟，挺。挺过阳历年，挺。挺过阴历年，还挺。我想坚持到春暖花开让你高兴，可是不行了……"

我大吃一惊，嘴张开半天没合上！姚大哥原来早知道了结果，只是为报答我的一片情意，他硬挺过来这么多天，临终前，又一直坚持到我出差回来！

当晚，我抓住姚大哥的手，直伴他到生命最后，而他再也没开口说话，甚至没有呻吟。事后据嫂子说，我没来之前，他常常痛得大吼大叫……

至今我仍旧时常忆起那位坚强朴实的大哥。

春风沉醉的晚上

旭 辉

一群人吃饭，出来时天色已晚。

其中一个朋友问："晚上还有事吗？"我摇头。他说好，去王先生家喝茶。

于是一起一起的人互道再见，终于四散，只剩三人：一个老先生，两个执弟子礼的中年人：我是师妹，发出邀约的是师兄。

好比是贾母带众人游大观园，来在妙玉的栊翠庵。妙玉用海棠花式雕漆填金云龙献寿的小茶盘，亲自奉一杯成窑五彩小盖钟里盛的老君眉给老太君，用的是旧年蠲的雨水。却偏偏把宝钗和黛玉悄悄拉进耳房，将晋王恺珍玩和宋代苏轼收藏过的"瓟斝"给宝钗，将名贵犀角制的"杏犀盉"给黛玉，又将一只九曲十环一百二十节蟠虬整雕竹根的一个大盒拿出来给跟过来蹭茶喝的宝玉，又将玄墓蟠香寺梅花上收的雪煮沸，请三人细细地饮。

老先生年七十，发银白。来他书房落座，他说我们今天不喝茶了，喝咖啡，可好？

我们自然说好。好比英国的下午茶，少少两三个人，一个小小的文艺沙龙，咖啡热气袅袅泛香。

我平时易失眠，茶且少饮，咖啡更不肯碰，如今也端了一杯，手里拿着老先生很久以前出的两本诗集翻看。俗俗艳艳的装帧，黄黄旧旧的书页。人与诗俱嫩。如今文与笔皆老。写出来的诗文不似今人。

就是我这位师兄，写出来的诗也好得好像拓自古人："常山犹古郡，雉堞接郊坰。剩照槐千尺，空余水一泾。孤村春雨细，宝刹暮烟青。"（《临济》 丁彦兵）读诗亦是读人，好像面前这个人是个戴纶巾，着青衫，从千年风烟中穿越而来的书生。

我家乡正定，山明水秀，"青天一碧翠遮空，浪卷云奔夕照中。郭外荷花二十里，清香散作满城风"。我爱家乡，不过偶然涂抹两笔拙文；他则翻了一本厚比城墙砖的县志，把里面写正定的诗一个字一个字摘抄下来，再四处搜罗正定人写的诗，和天南海北的人写正定的诗，共辑八百首，出了一本正定诗词集，于家乡有大功德。

而老先生为我家乡做的赋如今就挂在县衙大堂上："庚寅之春，清风穆如，登古垣而凭眺，揽气象之雄浑，察物命之律动，觉万类之勃发。慨然而有悟，斯城不亦然乎！古邑悠悠，源流漫漫。岁溯五千，而有文明之曒，仰韶先而龙山继。岁溯三千，而有城邑之立，商民聚而鲜虞兴。岁溯两千，而有郡府之设，常山久而真定安……"

上次吃饭，一人在座，拼命宣讲自己写了多少文章，如何声名远扬，自觉如牡丹花盛放。我两口把饭吃完，拿相机去室外拍墙。这两个人，平时默默无闻，不华丽、不嚣张。

什么叫贤人？

不慕名利，不争是非，不指点江山口沫横飞一味"老子天下第一"，这样的人方可称为贤人。人一旦躁狂失静，就心也走样，人也走样。

一路闲讲，渐至世路艰难，人情苦恨。老先生疾首痛心，师兄力劝要看光明的一面。他们二人争执不休，我却看见的都是赤子之心。纵使一个廉颇老矣，一个也不再年轻。

这段时间琐事牵缠，和他们一直没有余力喝清茶聊闲天。去年我还被师兄狠狠骂过，因不愿意再维持一份无爱的婚姻，他说我是可气、可恨、可怜、可恶的俗人。他在信里说："我骂了你，但愿你从此一辈子都不要理我了！"我回他说不会，诤友难得，良朋难寻，你是我一辈子的知音。在横遭变故，风雨飘零的时节，夜半老母发病，老先生得知，冒夜前来，送温暖。

朋友。酒席宴上，欢笑阵阵，这也是朋友；世路前头，趁花送锦，也是朋友；相逢言笑晏晏，过后不思不量，也会叫一声朋友。大家都说的是有了新朋友，不忘旧朋友。可是我的心里，朋友不是攒三聚五开放的绣球花，它是照人走夜路的明珠，就算只有一颗，也是幸运。

我却艰难苦恨繁霜鬓，不止一颗明珠照前程。

告辞夜已略深。不肯打车，一路步行，贪看两旁灯火通明。广场上挤挤挨挨的人，乐声仍旧喧阗，有两个人在角落里学舞，前进，后退，转身。前进，后退，转身。还有一只袖珍小狗在花坛里追着尾巴转圈。

二月早春，有微微的风，风里有新发的木叶清香。

这个春风沉醉的晚上。

土瓦罐和青玉罐

诗 雨

　　急用钱。银行不放贷，需要去借款。走三家不如并一家，直接给一个朋友打电话。

　　和这个朋友认识三年，只见过一面。我跑到千里之外去找她，她把一切都放下，一气陪了我十天，看西湖、看拙政园、吃东坡肉、吃鱼、吃虾、吃蟹、坐船、下着雨听昆曲，看周庄河桥两边蜿蜒的红灯笼，还有一个浅醉微醺的老男人，萍水相逢，在丝丝细雨里唱歌给我们听。

　　这次我要借十几万，她二话不说就把钱打过来了。我说我给你写张借条吧，她说不用不用，那多不好意思的！接着又说了一句话："你的信誉就值一千万。"

　　遍身微汗。这话真令我……惭愧不安。

　　刚和一个朋友渐行渐远。世路如棋，黑白不知，当初他接近我，观察我，我知道他在接近我，观察我。他研究我，我也知道他在研究我。如今他得出了研究我的结果，我也知道他得出了研究我的结果。他得出的结果是什么，他清楚，我也明白：想着我是一个天使，结果我没有那么白；想着我是一只凤凰，我却是一只乌涂涂的麻雀。想着我穿着红舞鞋跳舞，我却弯着腰在田里拾麦。想着我非醴泉不饮，非练实不食，我却吃的人间饭，喝的人间水，认同人间的一切规则——我不是飞天，没有在画里飞的清高和寂寞，这个认知让他退却。

他走了。

我让他走。不作辩解。

从小到大，我一直是"被"字打头的那一个。被疼爱，被护持，被惦记，被关心，被支援，被信任，被帮助。有时候也会被辜负、被伤害、被遗忘、被轻蔑、被孤立、被厌恶。

日子久了，不等人厌我，通常我就会远离了。不等人负我，通常我就遁走了。不等人轻我蔑我，通常我有多远躲多远，直到你的视线里再也看不见我。至于被遗忘，被孤立，被厌恶，不要紧，我早当自己是秋野荒凉的柴禾垛，寂寞里开花也是好。

而当面对疼爱、护持、惦记、关心、支援、信任、帮助的时候，又总是害怕多过欣喜。小时候，农村尘土连天的庙会上，会有马戏团荡秋千，高空里几根秋千吊索，几个人一荡一荡，你来我往，一个人凌空飞起，我看着他，手心出汗，心里说：掉下去了，要掉下去了，要摔死了……结果未及想完，这个人伸出去的手已被另一个人稳稳接住。可是，万一接不住呢？万一跳的人走了神，或者接的人分了心呢？万一两个人有仇呢？……

这个认知让我害怕，与其如此，何如抱臂敛手蹲在地面，强似飞在半悬空里无手可执，无臂可捉。耳边风声呼啸，下边，就是渺不可知的悬崖啊。

可是世路蜿蜒几十年，不论是曾经自己摔下来，还是被人推下来，哪一次没有人半路伸出胳膊，扶住我，接住我呢？如今我的家，我的房，我翼护的一切，我的所有所得，哪一桩哪一件又是我一力所得？

一个黑小孩乘船失足落水，拼命挣扎，船上人发现，返回救他。船长问他为什么能坚持这么久，他说我知道你会来救我，你一定，一定会来救我。船长白发苍苍，跪在这个黑小孩面前，说谢谢你，是你救了我，我为到底要不要回来救你时的犹豫感到耻辱。

我也感到耻辱。我为自己对人类的善意的不信任感到耻辱。长久以来，心如瓦罐，颜色晦暗。朋友的信任像柔软的稻草，把斑斑土锈擦掉，渐渐地，让它显出美好的，青玉的颜色。时日长久，我都忘了，自己的心，原来，是一只青玉的罐啊。

从今以后，想欺瞒的时候，不敢欺瞒，想使诈的时候，不敢使诈，想阴暗的时候，不敢阴暗，想毁约的时候，信守约定，想自暴自弃的时候，不敢轻易举步，怕一举步就是深渊。因为不光天在看，还有人在看。我管它别人看不看，还有我的朋友在看。所以对待生命，不敢漫不经心——朋友的信任让我对自己格外尊敬。黑格尔说："人应当尊敬自己，并应自视能配得上最高尚的东西。"我尊敬了自己，只为了能够配得上更高尚的东西。

所以，哪里是我的信誉值一千万，是朋友的信任值一千万。

　　昨夜，夜色已深，这个朋友打来电话却不说话，那边传来鼓掌声，笑声，歌声。是蔡琴的专场演唱会，她特地从千里之外让我听。静夜温软，一如花颜。一颗心又痛又痒，宛如嫩芽初生，叶头红紫，跳荡着日光。

一千年前的一场雪，两个人

瘦尽灯花

一千多年前，一个茫茫雪夜，一个人睡醒一觉，开窗，饮酒，室内踯躅，四望一片白，鼓动得他胸怀喜悦，又忽忽如有所失，起而吟诗，又想着此时若有好友相对清谈，那该有多美。于是忽然想起远方一个人，一下子觉得连天明也等不及，一定要当下便去找他。一夜过去，小船将他一直送至朋友门前，远远望见朋友的家门，在晨光熙微中安静地关闭，他却跟船夫说："不去了，咱们回去。"

于是橹桨欸乃，又把他送了回来。

有人后来问他，何为乎如此，他说："我本是乘兴而行，如今兴头已尽，自然是要回家为是，何必一定要见到他才算完事？"

这便是东晋时期两位名士：王子猷和戴安道的故事——王子猷雪夜访戴安道，经宿才至，却造门不前而返。

那么，王子猷不怕戴安道生气吗？这什么人啊，那么大远的路，到我门前又不进来，瞧不起我是怎的？戴安道又会不会左思右想：咦？子猷来找我，是不是有什么事要求我帮忙，不好开口，所以才会做出这般为难的姿态？说不定他还

/153

会采取这样的行为模式：亲亲热热"打"上门去，"谴责"一番，然后让王子猷摆好酒菜，两个人吃喝一通，方算了事。如果真是如此，我们或许就真的成了"以今人之心度古人之腹"和"以小人之心度君子之腹"。因为这三种行为模式，第一种失之于小，第二种失之于疑，第三种失之于俗。

若戴安道真是这样的一个人，那王子猷雪夜而访的，就不会是他——王子猷既然有雪夜吟诗和雪夜访友的情怀，他所寻访的戴安道，也必有非同一般的情怀。

有一回，戴安道从会稽到了京都，人傅谢安去看他。谢安原来对他有些轻视，见了面只谈些琴法和书法，更重要的事务根本提都不提。戴安道心里坦然，不以为忤，反而是谈琴法琴法通，谈书法书法懂，且更加难得的是那种闲适自得，宠辱不惊的气量，让谢太傅刮目相看。

只有这样一个人，博学多才却又襟怀冲淡，才会拥有这样大的魅力，让一个性情高爽的人雪夜独独想起了他，然后不辞辛苦，乘船造访，又让他可以随心所至，兴至而返，两个人的关系丝毫也不会受到影响，仍旧如雪般高洁，如水般清澈。

这大概就是真正的君子之交淡如水吧。

根据马斯洛的观点，人天生有一种"归属"的需求，但是现代人却把它功利地理解为"朋友多了路好走"，所以就像提篮买菜，管它是水菜干菜、芹菜红苕，统统搁在一块，篮子里装了一堆，然后提着它沉沉地走路，累得腰酸背痛，一边还自诩为人脉广，会交际。于是，我们就见惯了有所图时的亲热，打太极时的虚与委蛇，利害不相关时的冷漠以及陌生人之间冷硬如墙的隔阂。天长日久，别人心中有没有鬼不知道，自己心里先就生出"鬼"来。

就如我的一个学生，看谁都不像好人，看谁都小心戒备，她的指导思想就是：人心叵测，人际关系就是互相利用，所以千万，千万要小心，宁教我负人，不教人负我。既是心中生鬼，自然和人交往也做不到心无芥蒂，到最后本该很阳光快乐的女孩，却得了抑郁症，心情像在阴暗的地下室霉了多年的破布，又被鼠吃虫咬，散了一地，收拾不起来，只好休学了事。

而且，假如你心中有所图，那么你就很难保不真的会吸引那些财迷心窍或鬼迷心窍的家伙来，因为气场相同，心性相吸，到最后纠葛在一起，这种交往就成了一个吃人的妖怪，吃掉你的精气神和从容淡定的情怀。西谚说"羽毛相同的鸟一起飞"，大概就是这个意思。

所以未交友，一定要先做人，做人先要做出一份雅淡如水的情怀，才能因为淡定而有雅量，因有雅量而能超脱，而能物加身而不喜，人亏己而不怨。这样和人交往起来，才能彼此愉悦，互相吸引——即使偶有冲突，也不会睚眦致怒，反目成仇。

写到这里，又想起一个典故，说的是东晋高僧支道林要回到东边去，当时名士都一起送他到征虏亭。其中有一个叫蔡子叔的，因为到得早，座位靠近支道林；谢万石来得晚，就坐得稍微远一点儿。后来蔡子叔走开了一小会儿，谢万石为和支道林说话方便，就坐到蔡子叔的位子上。等蔡子叔回来一看，鹊巢鸠占，生气啦，就连坐褥和谢万石一起搬起来扔地上。谢万石摔了个嘴啃泥，他自己慢慢爬起来，戴好帽子，理好衣裳，继续入席而坐，跟蔡子叔说："你看你这个人，差点把我的脸碰坏了。"结果蔡子叔说："我本来也没有替你的脸打算嘛。"两个人神色照常，日后也继续交往，谁也没把这段插曲放在心上。

若是搁在一般人身上，说不定会按捺不住"脸面"受损的气怒，恶语相向"闹"得不可开交，甚至揪着头发互殴，就此成了大街上随处可见的笑料，俗不可耐；甚至会守在阴暗的路道口，给对方记一闷棍，让他买个"教训"；更有一等心胸狭隘者，说不定会买凶把"仇人"给"做"掉……于是事情本由一个寻常座位而起，却演变到整个局面不可收拾，于是两个人就跳上了一些杂志的大标题："我的好朋友啊，你我反目成仇为哪般？"究竟能为的什么呢？——因小事而寻隙生仇的事生活中常有，有的真是连讲原因都觉得不好意思。

心中有"鬼"，常能生出"异端"，致使人际关系山穷水尽，全无韵致。而心中敞亮的人交往起来，感觉却如雪浸梅花，闻起来有一股清香；又似漠漠水田飞白鹭，水田和白鹭是那么登对；大漠长河落日圆，大漠、长河、落日又是那么搭配，"看上去很美"。

所以，让自己有一份坦然的襟怀吧，如秋月下的芦荻，淡雅静美，然后你会发现，那些和你有着同样美好情怀的人，会渐渐向你聚拢过来，你的交际画卷，因此生辉溢彩。

朋友赠我马齿苋

闫荣霞

今晚我家吃了一餐凉拌马齿苋和马齿苋炒肉丝。苋根细嫩，叶圆如眼，是朋友送的。她的马齿苋长在自家小园。

把马齿苋烫软，挤汁，翻拌，盐醋姜蒜凉拌，鲜美滑润，暑热为之一清；又锅内放油少许，将葱、姜、蒜、辣椒炒出香味，瘦肉丝放入翻炒，再放入马齿苋，加盐、味精，翻炒均匀，色翠茎嫩肉丝香。

据传当初十日并行，江河湖海为之竭，走兽飞禽皆死，禾苗如柴百姓饥，羿奉尧命十射其九，小十惶惶然无处藏，就如一张硕大的面饼趴伏在肥厚的马齿苋下面。后羿寻之未得，悻悻而去，才有今天的丽日行于天，江河丽于地，人畜鸟虫草木代代化衍生息，有了《诗经》和《楚辞》。征战烟尘渐消渐散，人世清明，露出一丛丛绿茵茵的马齿苋。

这东西遍历千年，羊啃牛踩猪兔啮食，人又锄之拔之揪之采之，却始终不能绝之，日焰烈烈，久晒不干，是以又叫长命菜、安乐菜、耐旱菜……

《诗经》里讲"窈窕淑女，寤寐求之"，那是水边的女子，她在洗荇菜，荇菜爽滑，随水漂移，她便粉嫩的手指东捞一下子，西捞一下子，偏偏捞也捞不及。岸上年轻男子看了，只觉她是一条粉面桃腮杨柳腰的美人鱼。

乐府里讲罗敷去采桑叶，耳边戴明珠，梳着倭堕髻，紫襦缃裙，便是高头大马的官见了，亦觉得她好，觉得她美，觉得她是无边绿桑里一点红透的桑椹。

却没有人讲江南江北，水乡旱乡里遍生的马齿苋，趁着好风好日，铺茎展叶，小女儿挽着筐篮，着红杏衫和绣花的鞋，到野地里剜来吃，更是有人世的好滋味。

信佛的老婆婆若是吃素，也会满地里撷它来吃，包饺子，调素油做馅饼，可省菜钱。此物可肉炒、可鸡炒、可素炒，可炒黄豆芽、炒青椒，亦可炒蛋；又可凉拌，蒜泥、红椒、麻酱、腐乳皆可派用场，又可做汤，可为粉蒸肉和扣肉做垫菜，鲜食干贮皆可，更可喂牛喂羊。即之为菜，远之为草。

一把野菜能值几何，朋友却是赠了我一提兜嫩嫩翠翠的清凉夏天。

旧时坊间小姐妹时常闲话顽笑，女送郎自然是千针万针绣来的枕套和鞋垫，若是女伴之间，则是春来夏至，饭前饭后，我送你一捧自己家里产的花生果，你送我几粒自己树上结的红海棠，若是几个人凑一起，乌黑齐整的头发遮了粉面，喊喊喳喳商议半天，再手心手背猜拳，然后一哄而散，做了轻烟散入百姓家的飞燕，再陆续出得家门，你从你家拿一升白面，我从我家拎一瓶酱油，然后打平伙，做简单的饭，一边吃一边咯咯笑，逗引得燕子在廊庑下歪着小脑袋看了又看。

又有《红楼梦》里宝玉过生日，舅舅姨妈送衣服鞋袜寿桃和银丝面，大嫂子尤氏送鞋袜，凤姐姐送荷包，荷包里装寿星和玩器。倒是众姐妹颇随便，或有一扇，或有一字，或有一画，或有一诗，聊复应景而已——却正是这亲热随便，愈见得杨柳千条，春光无限。

朋友送来的提兜里，还有一袋甜面酱，一袋酱油，一瓶腐乳，一袋蕨根粉，一下子就像脑子里自动放电影：下班回家，来到自家后园，看着铺展一地的马齿苋，一茎一茎慢慢地往下掐，放在左手里攥成把，抬头看，园里有粉蝶，有葱的鲜辣和洋姜的黄花。然后系围裙做菜，又看看自家厨房，抓一袋面酱，抓一袋酱油，抓一瓶腐乳，抓一袋蕨粉——她又赠我一份世上人家后院和厨房里满满的柴米馨香，人间浩浩荡荡的日月阴阳。

和这位朋友平日交情清浅，却是风致俨然，因为人心里都装着阳光，雨水，小园，红头的蜻蜓，枝梢的雪，还有挂面条、羊奶奶花、节节草，马齿苋在记忆的田野路边及庭园废墟如丝如绣，满地铺展，夹竹桃花开，燕雀飞来。

白妞与黑妞

旭 辉

　　白妞是妹妹，黑妞是姐姐。不过妹妹不是亲妹妹，姐姐也不是亲姐姐。黑妞只比白妞大三个月，十三岁以前还互不相识，上中学时成了同桌，一口气同了三年。

　　白妞性急嘴尖，黑妞性情散漫。考试的时候，白妞埋头唰唰地写，黑妞就偷偷地捅她："哎，这道题怎么做？"白妞就烦："等会儿！"黑妞就等。一会儿又捅，白妞就身子一拧："真烦！"黑妞不烦，很安闲地坐在那里，转圆规玩，无所用心。

　　有一次，白妞也拿着黑妞圆规转来转去地玩，然后当投枪往桌面大力一掷，嗖的一声——没投准，圆规那只细脚伶仃的尖针狠狠地扎进黑妞摊在桌上的手掌。黑妞一愣，瞅着还在颤动的圆规。白妞吓得够呛，赶紧倒打一耙，"唉呀，你干吗不躲开？"黑妞居然也觉得是自己不对，很惭愧，咬着牙一声不吭地把这个东西从肉里拔出来。手掌上一个圆圆的洞，慢慢渗出红红的血珠，像美人额上点的一粒朱砂痣。十几年后两人见面，白妞说，你知道吗？当年那个圆规，我太恶劣了，真是对不起。黑妞莫名其妙，"什么时候的事啊？"

那时最快乐的事情，就是一块儿给白妞家当猪倌，抢猪食。老母猪产了崽，不但小猪需要赶去水清草嫩的地方放牧，母猪也要加餐。于是白妞和黑妞就人手一根柳木棍，哼哼哧哧地赶一群黑、白、花的小猪崽去村外吃草，喝水，打滚。黑妞采一满把青白的小菊花，一瓣一瓣揪着玩，白妞蹑手蹑脚地走到她身后，往她脑袋上洒了一把苍耳子。苍耳子小刺核儿，满身是刺，撒上容易摘下难。白妞捂着嘴哧哧笑。黑妞顶着一头苍耳，也好脾气地跟着笑。回到家，家里的料笸箩里有给母猪煮的盐水大麦仁。长长的芒，扁扁的穗，麦粒是黏的，煮熟，加盐，筋道，美味。两个人你一把我一把抓着吃。二十年后，黑妞也还记得白妞家的大麦仁香。

白妞爱美，花两毛钱买一盒润肤霜，抹得手上、脸上厚厚一层，苍蝇不拄拐棍绝对站不稳。再花一毛钱买一面小圆镜，上课的时候偷偷拿出来："唉呀，我的眼睛这么大！唉呀，我的嘴唇这么红。嗯，我还是双眼皮呢……"太忘情了，数学老师扑过来都没看见，小圆镜被没收了。

怎么办？白妞拉着黑妞在操场上转圈："我就说，这面圆镜是你借给我的，好不好？"黑妞傻乎乎地答应了，被她拉着一起找老师，结果被老师一块儿训了一顿。灰溜溜地出来，两个人就这么傻傻地心意相通。

后来，当那个十八岁的小老师一出现在英语课堂上，白妞就直了眼，他的眼睛好亮！他真好看！白妞不眨眼地盯着。老师每次转堂，她都准备了好多的问题，好独得恩宠。老师停步身边，青春气息直逼上脸面。她忘了自己问的是什么，老师也忘了回答，两个人的眼睛都亮如星辰。周围一片乱哄哄。

黑妞干咳："嗯，嗯。"没用。她听不见，他也听不见。黑妞干脆一把掐在白妞的大腿上，白妞尖叫一声，把老师吓了一跳，两个人都醒了，满面通红。一个坐下走神，一个继续上讲台讲课，写出来的字迤逦歪斜，成了波浪线。白妞渐渐成了学校的一大看点。老师学生，一边看，一边有人喊喊喳喳议论："她呀，不正经……"白妞听了，头蒙蒙的，呆头呆脑地走到课桌旁边，拿起一支笔，却不知道想干什么。没等她来得及想给哪个留话，就已经写下了黑妞的名字："我走了，不要找我，我会想你的。"

她顺着公路往东走，一路上玉米长成一大片的青纱帐。地上有草有花，天上有云，这个时候，黑妞他们，已经上课了吧？

她并不知道，教室里已经乱作一团。黑妞一看纸条就尖叫一声往外奔，头发跑散了，皮筋跑掉了，脚上鞋跑丢一只，嗓子哭得劈了音。等老师派出学生分头寻找的时候，黑妞早已经一个人跑出五公里，超过白妞了。她过于慌乱了，没看见白妞一闪身进了高粱地。

当白妞被随后赶来的学生找回去，黑妞也光着脚丫子一瘸一拐回了教室，一见白妞，眼泪哗哗就下来了，拳头咚咚地捶过来，好疼。

三年过去。将军不下马，各自奔前程。白妞结婚的时候，黑妞送来一床毛巾被，黑妞结婚的时候，白妞给黑妞送去两床广州出的被罩，一床暖黄，一床洋红，绣着大大的牡丹，放在黑妞和她的夫君在乡下的新房里，华丽得不行。黑妞的脸像黑玫瑰，笑得绽开一瓣，一瓣，又一瓣。

好景不长。有一天，白妞的先生下班回家，说："我听到个不好的信儿。东邻村淹死一个年轻人，二十五六岁，说是媳妇是西邻村的，有个两三岁的孩子……"白妞急了，黑妞就是西邻村的，嫁个丈夫在东邻村，孩子两三岁了。打听实了，白妞脸色苍白，一屁股坐在地上。

去看黑妞时，她瘦了好多。家日益贫穷破败，黑妞脸色黑黄，忙着张罗饭菜。饭毕拿出一张照片，"你看，我和他唯一的一张照相。他当初和我相亲的时候，一下子就喜欢上我了，生怕我不答应。他不知道，我也喜欢他……"

当爆竹再一次响起，红屑纷飞里，黑妞又做了一回新娘。白妞却没有出席。她积劳致疾，正蜷缩在家里。

三朝回门，黑妞打过电话来，听着白妞暗哑的声音，说："你的家在哪里？啊？快告诉我，我现在就坐车去看你。你真让人不放心，为什么总要让我着急啊！"白妞一下子坐起来："好啊好啊，你来吧！"

当两个人再次坐到一起，才发现真是光阴易过，岁月平添。兜兜转转间，都已经三十多岁。白妞说你知道吗？当年那个圆规，我太恶劣了，真是不好意思。黑妞说你家的大麦仁真香啊，真想再来一碗。

"你有钱没钱？"突然，白妞把黑妞问得一愣。

"干什么？"

"我要治病，要好多好多钱。"

黑妞不说话。白妞眼睛一眨不眨盯着她的脸，心里山呼海啸。一本书上说，要想验证朋友的感情，最好的办法莫过于向其借钱。看罢，白妞干脆把身边人全都试了一遍，结果让人伤心。一个朋友问自己为什么不去贷款，还有一个男人，动辄打电话来纠缠，海誓山盟起来不眨眼，如今只发过来一个短信："对不起，我恐怕帮不上忙。"原来姹紫嫣红开遍，似这般都付与断井颓垣。假如黑妞也来敷衍，这个世界真是不必再留恋。

黑妞不说话，左手捏右手，把指关节捏得发了白。白妞额角暴起青筋，脸上一丝一丝渗冷汗。

黑妞终于开口，她说："我没钱。"

看，谁把谁真的当真，谁是唯一谁的人？

"不过，"她接着说，"我有房，而且，我刚嫁的这个人，家里还养着两头牛……"

溪花顺流漂下，游鱼跳上龙门，表面泥皮层层剥落，露出珍珠光华耀眼，原来世上真有爱如净莲，一霎那芬芳天地。

跳舞记

诗 雨

十几年前，我教初三。我们班有个女孩子，穿着男孩子的衣裳，鞋后跟都是破的，头发永远短短地支棱着，双手插兜，晃着膀子，噼里啪啷地横穿校园，嘴里粗话不断。有人叫她"假小子"，她就跟人家干架。我批评她，问："你为什么要剪这么短的头发，还穿男孩子的衣服呢？你看那些女孩子，穿着花衣裳，留着长头发，多好看。"

她脖了一扭，粗着嗓子硬硬地说："不要你管。"

我诱哄她："做女孩子多好，穿得漂漂亮亮，说话娇娇弱弱，还可以支使男生干活，你要不要做回女孩子？"

她抢白我一句："我不要男生替我干活，我要男生跳一次舞给我看。"

"哪个男生？"

"全班。"

我好犯难。

最后心一横："跳就跳，他们一群大老爷们儿有什么不敢！"

我和她击掌为定。走出办公室的时候，她还是横着膀子，但是渐渐地，步子迈得小了些，膀子也不晃了。

过了几天，她的步姿像女生了，头发依然很短，却脱下那件老绿的军大衣，穿了一件粉红的羽绒服来上学，抿嘴一笑，雷倒一片。

她期待地盯着我看。我赶紧招呼班里的男同学："我曾经答应张诗诗同学，如果她漂漂亮亮来上学，男同学就跳舞给她看。同学们说，她今天漂亮不漂亮？"

同学们异口同声："漂亮——"

"好"，我说，"下面，请男同学们上场。"

班里一阵忙活，桌椅板凳挪开，全班十三个男生站在前面，体育委员一声："预备，跳！"他们忽然开始疯狂地扭动，脖子一甩一甩，胳膊一甩一甩，大脚丫一抡一抡，我也不知道他们跳的什么舞，感觉像抽疯，像抽筋，像过电门，全班的女生都笑疯了。被我拉到前排的诗诗笑得腰都直不起来。她本能地想要咧开大嘴哈哈乐，我一只手伸出去作势要挡，她一怔，声音调小了两三度，银铃样的声音，发光的脸庞，真是一个美丽的女孩。

跳完了，我问："张诗诗同学，他们跳得好不好？"

她红着脸，大声说："好！"

那天诗诗一走，我就召集班里的男生开了一个小会，告诉他们我和诗诗同学的赌约。人望很高的体育委员替面有难色的他们拍胸脯："老师放心，我们这几天加紧练习，不会让您失望的。"

果然。

诗诗面向同学，鞠了一躬，拿出一张纸开始念："我特地请求全班的同学做监督，我一粗声大嗓，就替全班打扫卫生。"大家又哄堂大笑。

一开始她还真的挨了几次罚，我在旁边坏心眼地笑眯眯看，然后跟她讲条件，如果她明天一天都能注意自己的言行举止的话，我就替她干一半。结果同学们看我干，过意不去——于是，小小的一次班值日，最终往往演变成全班大扫除。有一天，我想起来，诗诗似乎有一个多月没挨过罚了，确实，有什么理由罚人家呢？眉眼弯弯，鹅黄的洋装干净整洁，班里的女生还教会她编小辫，原来的毛毛虫真的蜕变成一只漂亮的蝴蝶。

要毕业了，她问我："老师，你为什么一定要让我当回女孩子呢？"

我笑了。那次家访，诗诗那阴暗破败的家，举止粗鲁的爸爸给我很深的印象。原来她的母亲生她时难产去世，父亲做泥瓦匠，没空管她，她整天跟着叔叔伯伯家的一群男孩子们疯跑疯玩，拣他们的剩衣服穿，逐渐也变成臭小子的模样。

我扶了扶眼镜："怎么说呢，如果你一直打扮成男孩子模样，说不定会被人看成异类，遭人排斥，这样你就会痛苦，会难过。既然是女孩，那就当一个漂漂亮亮的女孩，不好吗？"

她走过来，和我抱了一下，轻轻地说："好。"

这个"好"字，一直让我记到现在。这是我作为一个老师，一生难忘的温暖。

朋友是一曲音乐

风乍起

家里空间小，孩子哭大人叫，电视上嘿嘿哈哈地上演白痴版连续剧。这个时候我就听音乐，让轻柔舒缓的音乐盖过烦嚣。

听着听着就走神儿，我拿起手机来看。上面存着几天前的短信，朋友发来的，无非两句淡话："起床了，看见阳光了，热。"心里漾起久已不见的温暖。

从小到大，数得上来的朋友只有两个。

初中一个，梳羊角辫，手拉手，公不离婆，槌不离锣。我撒谎，她帮我圆谎，她抄袭，我帮她抄袭。有一次，我和家里闹别扭，留张字条给她，想悄悄出走，她很快追出校门，披头散发，衣服穿得乱七八糟，眼泪流得哗哗的……

当时想着要好一生一世，谁知道逐渐就淡了，十几年后再相聚，已经是两条路上的人了，除了黑白片儿一样的回忆，仿佛再也找不到可以维系友情的线索。

晚上做梦，却还能梦见她，还是当年梳羊角辫的那个……

第二个朋友，是遭受大难之后相识的。

那年，我忽然生了一场大病，一下子就被打蒙了，成天在心里骂："真他妈的！"一个亲戚出国，把一台旧电脑送给我，结果失重的我一头就栽进了网络。

这是一片黑海，一个黑洞，不仅要吃掉我大把大把的光阴，还游着一个个鲨鱼样的男人。这个时候上帝缓缓降临，手指一挥："喏，赐你一个宝贝。"于是这个朋友来了。

如果不是他及时出现，恐怕我早堕落到生命不息，泡网不止，网恋无穷了。我后来就想，肯定是有神仙劝"孙悟空"：赶紧去救唐僧，去得迟些儿，就怕被妖精吃了！自从认识，他就像孙悟空，整天忙着搭救我，鼓励我读书，写东西，不许我进聊天室，有时候我偷偷往聊天室跑，他一发现就拎出来痛骂："几乎失业了，还有闲心聊天？"

至今，我两年写了40万字，稿费足够养活我自己乃至全家，都是被他骂出来的。失业引起的焦虑大大减轻，轻到几乎没有，而我的病渐渐好转，愈发自信。

我也一路陪他走过艰难的两年半，一直走到他博士毕业。原想与子偕老的，我浪漫地幻想过，还写了如此的文章发表，可是现在联系越来越少，越来越少。以前，一天发的短信塞爆信箱，得不停地删，现在一个星期的短信也不过短短三五条，越来越淡……也失落过，自问过为什么？后来感觉大家的前路都天宽地阔，逐渐明白，无论我对他还是他对我，就是朋友罢了，很好的朋友——其实，也够了。

"我们在黑暗中摸索，绊倒在物体上，我们抓牢这些物体，相信它们便是我们所拥有的唯一的东西。光明来临时，我们放松了所占有的东西，发觉它们不过是与我们相关的万物之中的一部分而已。"泰戈尔的话多凉啊，原来他早就什么都知道，什么都经历过。

有时想，朋友就是一曲音乐，在滚滚红尘为粱谋的时候，可以对市侩、庸俗、计较起一种适当有效的屏蔽，让自己在生计之外的精神层面，有一个较为自由顺畅的呼吸，如同菊花丘山之于陶五柳，鲈鱼莼菜之于张季鹰。但音乐不是全部，朋友不能终老。一曲终了，该干什么还干什么。钟子期死了，俞伯牙干脆把琴都摔了，这样不好。风云际会固然可喜，无风无云的时候，还得学会弹一曲瑶琴，给自己听。

可是天宽地阔，为什么一边听歌一边寂寞，纵然看得开放得下，终究是欲舍难舍。朋友啊，就算我再也不知道你们现在何方，做着什么，有何种忧乐，可是你们的一颦一笑，一言一语，仍如杨花乱舞，点点都在我的心里。

第五辑

人间如海，
爱是海中水

不后悔为什么过去没有向你的父母表达爱意，从现在开始向你的父母表达爱意。不后悔为什么过去没有向你的儿女表达爱意，从现在开始向你的儿女表达爱意。不后悔为什么过去没有向你的爱人表达爱意，从现在开始向你的爱人表达爱意。不后悔为什么过去没有向别的人表达爱意，从现在开始向别的人表达爱意。

爱的表达永不会太迟，死亡也不能把它隔开。

人可以生如蚁，
而美如神

澜晓曦

她的命运是在女儿4岁那年骤变的。

那年，父亲突发弥漫性脑梗，瘫痪在床，无法自理。所有人劝她放弃，包括医生。她不肯："我不能丢下爸爸！"为了专心照顾父亲，她辞掉了报社工作。但是，半年过去了，父亲的病情毫无起色，她把房子卖了，仍旧欠下20余万元债务。

一日，丈夫无奈地对她说：离婚吧！

她点点头。丈夫带着4岁的女儿走了，她背起父亲寄住到同学家的车库里。

这个18平米的车库是卧室、是厨房、是卫生间，没有电视、没有洗衣机、没有冰箱……一张木床，父亲睡；架起一个"阁楼"，她睡。自此，这里成为她和父亲的家。

不工作，就等于没有经济来源。靠亲友接济的日子，总是青黄不接。她好办，咸菜拌饭就可以了，但为了让父亲能有些营养，她便在菜市场散市后，去捡剩菜。一根白菜叶，一片菠菜叶，烂掉一半的水果……都是她的珍宝。

父亲心疼她，一天天地要她给买毒药吃。不给就闹。

她被闹急了，向人要了两粒维生素给父亲："毒药，吃吧，你死了，我也轻松了。"父亲吃下了，一夜无事，相信老天让他活着，再不跟她闹了。她却开始"吃"起药来！

一次，一个好心人给她一个秘方，但提醒她，不敢保证疗效，也不敢保证是否有副作用。她顾不得这些，那可是父亲的救命稻草啊！她找到邻居，说自己有事，拜托邻居两个小时后如果见不到她，就到车库帮看看父亲。大约一个半小时后，邻居提前推开车库的门，见她端坐在父亲床前的木凳上，很是诧异。她笑笑，道："我替爸爸试试药，我怕……"邻居擦着眼泪走了，但邻居的话却提醒着她："你要是真有个三长两短，你老爹咋办。不能这么犯傻了……"

她后怕，再不敢试药了。

日子蜗牛一样地往前爬着。父亲生病前，她是诗人，是记者。父亲生病后，她只是女儿。

又一年的春节到了，她翻出多年积攒的书籍杂志，卖了十几块钱，买了带鱼和菠菜，又用捡来的白菜土豆做了两个菜。很是骄傲地对父亲说："爸，咱今年还挺好的，四个菜呢！"父亲点头，眼里盈满了泪。

父亲60岁那年，每月开始有1000多元的养老金，他们的日子好起来了。

父亲午睡时，她就会跑到家附近的书店，不买，只看。一本书常常要跑二十几趟才能看完。夜里，父亲睡着了，她就坐直了，将捡来的白纸摊开，在上面写诗："生活怎样挤兑你／只要你咬紧牙关／每天都坚持把眼睛睁开／……总有一天/阳光会让你心灵温暖……"

她最喜欢夏天。因为车库门上只有一个半米左右见方的窗户，阳光对于父亲是奢侈的。夏天就不同了，她可以把父亲抱出车库，尽情享受阳光的抚摸。每每这个时候，她就会问父亲，病好了最想去哪里。父亲会重复不知道说过多少遍的"梦想"……

一日，一日，13年过去了。

13年后，中央电视台年度"感动中国"人物揭晓，她的名字孝动全场：朱晓晖。朱晓晖，黑龙江省绥芬河市人。感动中国组委会给予她的颁奖词写道：13年相守，有多少日子就有多少道沟坎，命运百般挤兑，你总咬紧牙关，寒风带着雪花围攻着最北方的一角，这小小的车库是冬天里最温暖的宫殿，你病重的老父亲是那幸福的王。

13年，她并没有做什么，只是在尽着一个女儿的孝心，但已经感动中国。

邂逅你的苦涩年华

崔修建

　　20年前的京广列车，速度比现在要缓慢得多。她是早上八点从长沙上的车，因为是临时决定前往广州，没能买到卧铺票，但在车票异常紧张的时期，她居然买到了一张临窗的硬座车票，还是相当知足的。

　　沿途变换的风景，不停地从车窗前闪过。赏倦了，她就拿出一本《诗刊》，慢慢翻阅。那会儿，她刚大学毕业，在一个令人羡慕的单位上班，阳光灿烂的生活里，充满了诗情画意。

　　临近中午时，车厢过道里站立的旅客越来越多，已经颇为拥挤了。能够有一个舒适的座位，的确是一件很幸福的事。

　　那个长得有些稚气的男孩，个子很矮，一只手攥着折叠起来的装化肥的塑料编织袋，他脸上带着兴奋和紧张。好像一上车，他就站在她对面的过道上，不时地朝车厢两端张望。

　　她看到他深蓝色的裤脚，有一个明显的破洞，有点儿皱巴的短袖衫，不利落地塞到腰带里，一个大编织袋塞在她的座位下面，鼓鼓囊囊的，不知装的什么东西。

　　忽然，车厢那端一阵骚动，检票员开始查票了。这时，他迅捷地展开手里的编织袋，唰地一下子套在自己身上。原来，那个袋子的另一端，早已被拆开，已变成一个圆筒。

他赶紧趴下，手脚麻利地钻入对面的座椅下面，整个身子蜷缩成一团。她忙收回双脚，生怕碰到他的头。

她曾听人讲过，火车上逃票的种种做法，没想到今天亲眼见识了这样一幕。

车厢里面的人实在太多了，检票员不时地扫视车座下面，居然没发现他。

检票员已走远，警报解除，一位中年妇女招呼他："小伙子，快出来吧，下面空气不好，别憋坏了。"

他伸开双腿，一点点地挪动，缓缓地退出来，在一位乘客的帮助下，他脱下编织袋，掸掉头上粘的灰尘，满脸的难为情，像犯了一个大错误。

与他的目光相对时，她看到了一抹可爱的羞涩。

她在小说中见到过不少他这样卑微的小人物，知道他们的窘迫、辛酸与无奈。

她冲他笑笑："一个人去广州？"

他不好意思地点点头："有老乡在那里打工，我也想过去看看。"

"哦，你这是去远方寻找青春的梦想。"她随口说出了一句诗意的话，因为那一刻，她想起了作家余华的那篇选入中学课本的小说《十八岁去远行》。

那位中年妇女递给他一个橘子，他推让了一会儿，还是接了过来。

接着，她知道了他来自湘西，高一没念完，便被迫辍学打工了，因为母亲一直生病，父亲又摔断了腿。昨天，他刚刚过完18岁的生日。

说到以后，他坚定而自信地告诉大家，他一定好好打拼，拥有让人赞叹的成功。

她不无敬佩地给他鼓掌，为他逆境中那不肯折弯的信念和坚韧。

对照他，她简直是生长在幸福的大海里了。从小家境就十分优越，她穿的衣服漂亮又时尚，从小学到中学，读的都是重点，大学读的也是自己喜欢的专业，毕业找工作轻松愉快。长到24岁，她似乎从没遇到过什么挫折，更不要说经历什么磨难了。

下车前，她悄悄地替他补了一张10元的车票，免得他出站时遇到麻烦。他连连道谢，感动得竟有些手足无措，总想回赠给她点儿东西，却实在没什么拿得出手的。

她善解人意地告诉他：“等着你有一天发财了，我去找你，你请我吃大餐。”

他使劲地点头：“没问题，你一定要找我啊。”

他瘦小的身影裹在人流中，走出好远了，她仍站在那里张望着。

二十年的时光呼啸而过。她想过他的日子一定会好起来的，但没想到，当年那个毫不起眼的逃票男孩，真的像一部励志大片中的男主角一样，几经磨难，最终完成了人生华丽的转身。如今，他已是国内著名的“房产大亨”，个人名下已拥有数百亿财富，他频频亮相于报刊、电视和网络上，他的事业还在蒸蒸日上。

在长沙举办的图书会展上，她受一位出差在外的同事委托，去购买最新出版的一部畅销书，并请到现场的作家签名，因为同事的女儿是那位作家的铁杆粉丝。

在琳琅满目的书海中穿行，她真切地感受到了岁月匆匆的脚步。

如愿地买到书并讨到了签名，回转身来，朝出口走去时，她的目光被一巨幅广告吸引过去，那是在宣传一部传记，而传主正是当年慢行列车上那个落魄的小男孩。

她走过去，面对巨幅广告上满脸坚毅的他，曾经的那些细碎的情节，纷纷涌来。

她想起了与他告别时的约定，想到了他的羞涩和自信……

她情不自禁地买了一本他的传记，她想看看他当年在广州是如何淘到"第一桶金"的，以及他是怎样书写人生传奇的，虽然，她此前已经从报刊和电视上知道了一些。

她边读边感慨。

令她心暖的是，在书籍的58至60页，讲到了他们那次列车上的邂逅，他感谢那些好心人给他的善意帮助。特别是她，一个衣着时尚的女孩，临下车前塞给他的那张车票，他至今仍保存着。还有，他一直记得当年的那个约定，期待着有朝一日，能够与她见面，请她吃大餐，还要当面向她致谢……

轻轻拭去眼角的泪花，她感觉有幸福正向自己走来，如此清晰，宛若那些鲜亮的记忆。

　　她知道，很容易找到他，但她不会去找他。曾经的那些，都已变成了美好的回忆，且留藏在心灵深处好了。

　　邂逅了他的苦涩年华，又看到了他的辉煌岁月，她更加坚信：这个世界上，一切皆有可能。

水缸底的米

覃寿娟

那时，他八岁，上小学二年级。

每天早上六点，他要翻越一座大山，走上一个小时，到距离十多里外的学校读书。

由于学校远，他和村子里几个读书的孩子一样，早出晚归。每天他要在家里带上二两米，作为午餐。

学校很简陋，一排平房，几间教室，加上一个不大的满是黄泥的运动场。不过幸运的是，学校请了一个五十多岁的阿姨，专门给他们煮饭。他们只需要把米放在自己的饭盘里，阿姨就会给每个饭盘加上适当的水，放到大锅里蒸，中午下了课，他们都能吃上热乎乎的饭。尽管，菜，只是从家里带来的一点儿黄豆。上个世纪70年代初，能吃上一餐饱饭，已是不易的事。

一天，他把带来的二两米放在自己的饭盘，望着比自己还高的食堂大水缸，他想，是不是自己也可以加水进饭盘，不麻烦阿姨了呢？于是，他踮起脚尖，把装了米的盘子，慢慢地伸进水缸里，掬上水。不料，脚下一滑，饭盘打翻了，那些米，全都散落水里，最后沉到了缸底。

他顿时傻了眼。怎么办？水缸那么大，能装得下十几桶水，那点米，要从水中捞上来简直是不可能的。向同学借，也不可行。家家都穷，没有谁会多带米来学校。学校，也是没有米囤的。

妈妈煮的早餐，其实无非就是稀饭，加上自家腌制的酸豆角。走到学校，肚子又空了。他最盼望的，就是中午的那一餐饭啊。而且，即使是回家后，他也不敢告诉给父母的，如果说了，只能招来一顿骂，在缺粮少衣的年代，他简直就是糟践粮食。

他用小手拍着水缸，急得要哭了出来。

这时，煮饭的阿姨走了过来，问清了情况，看看水缸，又看看水缸底的米，轻轻地抚着他的头说："没关系，阿姨帮你把米舀出来。""真的，真的可以吗？"阿姨点点头。然后开始用水瓢往外舀大水缸里的水。舀出来的水，除了装在两只桶外，没有其他的容器，多余的，只能倒掉。

水是从二里外的一个泉眼挑的，山路崎，这十多担水，一个人，几乎要挑上半天。

即使是一个八岁的小孩子，也知道其中的艰辛。

"哗"，一瓢水泼了出去；"哗"，又一瓢水泼了出去。

半个小时后，水终于舀完倒掉，那二两米粒，也被阿姨一点点地捞起来，重新放到他的盘里。

那天中午，他又能吃上了香喷喷的饭。

朋友给我说起这件事，已经过了五十年的时光。五十年，他也由一个少年变成了年逾半百的男人。那个阿姨，想必早已作古了罢。而他甚至不知道她姓甚名谁。

只是，他说的时候，两眼还有泪光。

穿越五十年的光阴，尘世间的暖，就像藏在衣柜里的锦袍，铺开来，依旧熠熠生辉。

我帮助不了所有人，但爱可以

成 子

如果世界上真的有天使，那么天使应该就是这个女孩的模样，她给全世界的流浪汉带来了"爱"。

女孩的名字叫海莉·福特，现年九岁的她生活在华盛顿州布雷默顿市。在海莉五岁的时候，一天，她和母亲米兰达看到一个流浪汉坐在路边，看样子已经好多天没有吃东西了。海莉被流浪汉可怜的样子触动了心灵，在和母亲商量后，把手里的三明治送给了流浪汉。

后来，海莉和母亲在街上又遇到了另一个流浪汉，他叫比利·雷，一个退伍军人，在战争中失去了双腿。无家可归的比利·雷再次激起了海莉的爱心，她为他买了许多食品。在海莉帮完了一个又一个流浪汉后，母亲告诉她："我们并不是多么富裕，没有能力帮助所有人。"海莉听了母亲的话，眼角挂满了泪水，但她并没有绝望，坚定地说："不！我要试试看！买不起食物，我就自己去种。"

于是，六岁的海莉把家里的院子改造成菜地，开始学习播种，锄草，建栅栏。几个月后，她收获了第一份食物：半袋胡萝卜，大豆和土豆。

海莉把食物送给了流浪汉比利·雷。可是，她想给更多的流浪汉提供食物，这样的产量显然是不够的。在征得邻居的同意后，海莉把他们的院子也改造成菜地，扩大了种植面积。

到了2015年，小海莉的菜园已种出了250磅（约113·4千克）的食物，她将每一份收获的食物洗干净，用袋子装好，发放给街上的流浪汉。海莉还走进当地的贫民区，分发自己所种的食物。

在贫民区，海莉看到还有许多人露宿街头。她对母亲说："他们不应该睡在路边，每个人都应该有个家。"母亲告诉她："即使我们可以在食物上满足一些人，但不可能给他们房子住。"海莉和所有任性的小孩一样，说："但我想试试。"于是，她开始尝试着去盖房子。

可是，没有建筑材料、没有钱，小屋怎么才能建成呢？海莉决定让自己的家人帮忙。母亲米兰达为了资助海莉，特意向非营利性组织TogetherRising申请了3000美元补助。海莉的爸爸还帮她在小区里回收牛仔布和木头做建筑材料。知道海莉的善举后，当地的劳氏商店还答应小海莉，所有的建筑材料都打五折卖给她。材料齐全后，小海莉亲自设计图纸，自己测量尺寸、钉牢木板，并戴着口罩认真地粉刷墙壁。一座精致的小房子在海莉的努力下，真的盖成了。许多好心人来帮助她把房子搬到拖车上，将房子送到了贫民区。海莉还决定，她要盖更多的小房子，让街上所有的流浪者都有一个睡觉的地方。

海莉的善举，经《赫芬顿邮报》等媒体的宣传，正成为了一股推动改善流浪汉生活的力量。现在，有很多国家的好心人和志愿者组织向海莉捐款、捐衣物和蔬菜种子，更多的人开始关注身边的流浪者，尽可能地帮助他们。

海莉就像一个美丽的天使，她的故事正在悄然改变全世界流浪者的现状。就像她对母亲米兰达说的那样："我帮助不了所有的人，但爱可以。"

94岁老太的5秒爱情广告

朱永波

2015年8月，一则电视广告在美国田纳西州迅速走红。这则广告时长仅为5秒，只有3个英文单词。很多观众看完后，感觉有股暖流在心中流淌。还有人把这则广告录入手机，临睡前观看一番，然后对自己的爱人说声晚安才熄灯睡觉。

这则神奇的广告词是"love one another"，翻译过来就是"彼此相爱"的意思。令人感到好奇的是，掏腰包做这则广告的不是商业机构，也不是公益组织，而是当地一位94岁名叫雪莉·巴彻尔德的老奶奶。

原来，1921年出生的雪莉·巴彻尔德曾经是前美国海军陆战队的女医生，二战期间在菲律宾参加过对日作战。当时有位名叫西孜柯的华裔美国兵也在菲律宾服役。

在一次战斗中，西孜柯腿部负伤，负责护理他的正是雪莉。西孜柯感激雪莉对自己的精心照料，得知她喜欢向日葵，特意采摘了向日葵送给她。雪莉是位腼腆的姑娘，尽管在照料西孜柯的过程中日久生情，深深喜欢上了他，但是害羞的她并没有说。直到西孜柯随军远赴日本，她才感到有点后悔。

二战结束后，雪莉回到了美国田纳西州，一边从事医务工作，一边四处打听西孜柯的下落。一天，雪莉无意间在报纸上看到一则寻人启事，令她喜极而泣的是，西孜柯居然也在找自己。他在寻人启事中写道："那个喜欢向日葵的姑娘，你的笑容像向日葵一样灿烂，深深吸引了我，温暖了我。嗨，姑娘，我来到了你的家乡，我知道你在这里，不要捉迷藏了，好吗？"

就这样，在缘分的牵引下，两个从枪林弹雨里走出来的年轻人重逢、相爱，最终走进了婚姻的殿堂。婚后，两人在田纳西州经营一家农场，并生养了孩子。为了让妻子开心，西孜柯沿着公路两边种植了一片金黄的向日葵。

雪莉除了照料好家庭外，还参加了很多爱心社团，乐于助人，奉献真情。大家都觉得雪莉有一颗阳光的心，照到哪里哪里亮，因此她也得名"太阳花女士"。

这对恩爱夫妻在一起度过57个春秋后，丈夫西孜柯因病去世。去世前，西孜柯深情地对妻子说："亲爱的，你要挺过去，过好每一天。不管你做什么，我都会注视着你，陪伴着你，就像这片向日葵花田，一直在阳光下盛放，如同我的爱，永远陪在你身边。"

西孜柯去世后，雪莉虽然非常悲痛，但最终还是振作起来，并坚持种向日葵。

2015年8月的一天清晨，雪莉像往常一样喝着牛奶看着报纸，一则有关美国离婚率飙升的消息让她震惊。报道说，在上世纪50年代，90%以上的已婚夫妇能将婚姻维持到10年以上，但到了90年代，这一比例下降到不足50%。近两年来，美国甚至出现了"30年之痒"一说，即许多60岁以上的老年人，甚至80多岁的老夫老妻也加入了离婚行列。

相信爱情的雪莉觉得有必要让人们重新审视一下自己的生活，认真地看一眼自己日渐苍老的爱人和不断长大的孩子。她想提醒人们，不要只顾工作而忘记了家庭。于是，经过慎重而周密的思索，雪莉决定在把她认为人生最珍贵最重要的信息传达给人们，那就是"彼此相爱！"

雪莉的5秒电视广告播出后，观众感动之余，深受启发，纷纷留言称"太暖人心了，保佑她，她说得对极了"、"多谢你及时提醒了我们"。

很多人在生命历程的最后阶段想到的是留给儿女们更多的物质财富，94高龄的雪莉想到的却是把那句朴素却花费了她一生去领悟的爱情誓言通过这种特殊的方式传递给世人。心中有大爱，阳光才会洒满心田，这大概也是雪莉一生都感到很幸福的原因吧！

吻出来的世界名画

朱永波

　　2016年年初，90后意大利留法女生凯瑟琳用嘴唇亲吻画板，创作人物肖像画的事件突然走红。起初，人们只是觉得新奇，但随着媒体的深入，背后的故事却让很多人哭了。

　　凯瑟琳出生在意大利一个美术世家，高中毕业便去法国留学。在一次旅行途中，凯瑟琳认识了叙利亚小伙子埃文，两人很快坠入爱河。

　　恋爱中的人总是充满了诗情画意，在一年多时间里，这对恋人一起游遍了法国的山山水水，留下了很多美好的回忆。而在这期间，凯瑟琳也创作了很多具有艺术水准的画作。

　　然而战争打破了两个恋人之间的宁静。随着叙利亚战争的日益胶着，大量叙利亚难民开始逃离家园，新闻上每天充斥着难民逃难途中死亡的报道，这让身在异乡的埃文夜不能寐。看着男友伤心的样子，凯瑟琳非常心疼。

　　有一天，埃文突然对凯瑟琳说，他要返回叙利亚加入人道主义组织，为家乡的人民减少点苦难。对于男友的这一决定，凯瑟琳坚决反对。考虑到凯瑟琳的感受，埃文选择了妥协。最终，两人想到了一个折中的办法：两人一起办画展，筹集资金，然后转给人道主义组织用于给难民购买食品、药品等。

凯瑟琳和埃文要办画展帮助叙利亚难民的消息传来，很多同学、朋友都很支持他们，画展当天就卖出去多幅作品，他们把得到的资金还有一些平日的积蓄悉数捐给了人道主义组织。

然而，不久后，一则叙利亚三岁小难民在土耳其南部海滩上死亡的照片引爆了世界舆论，这也促使埃文下定决心要返回叙利亚。看着埃文认真的表情，凯瑟琳没有再次阻拦，她亲吻着埃文的额头，深情地说道："亲爱的，你是叙利亚人民的儿子，你爱你的祖国和人民没有错，我为你骄傲。我不反对你回去，但请你一定要保护好自己！"

然而，这一别，竟然是一对恋人的永别。埃文在一次协助难民撤退途中遭遇流弹袭击，不幸牺牲了。得到消息，这个日夜期盼恋人平安归来的姑娘瘫坐在地上。

人们都认为，这个瘦弱的女孩将会在很长一段时间里陷入沉沦，然而几日后，凯瑟琳又奇迹般地出现在人们面前。原来，她要重开画展，继续为叙利亚难民筹集资金。

由于知名度有限，凯瑟琳的画作卖的并不理想，和她的期望值相差很大。她感到了孤独和绝望。

在一个月光如水的夜晚，凯瑟琳站在画板前，思念如潮水般淹没了凯瑟琳的心。恍惚中，她仿佛在画板里看到了男友那热情洋溢的笑脸，情不自禁的凯瑟琳深情地吻了过去……

然而，梦醒之后，除了画板上留下的一行行鲜红的吻痕，房间里死一般寂静！顷刻间，泪水顺着凯瑟琳的脸颊流了下来。在泪眼朦胧中，凯瑟琳发现，画板上那一行行吻痕突然变成一道道跌宕起伏的山脉，像极了她和埃文一起游玩过的比利牛斯山脉。顷刻间，一丝甜蜜掠过凯瑟琳的心肺，凯瑟琳决心用嘴唇亲吻一个埃文出来。

　　凯瑟琳找来口红，在嘴唇上涂抹后，想着埃文的模样，开始创作。每亲吻一次，画板上会留下一个唇印，通过调整亲吻的力度，凯瑟琳可以控制线条的浓密和走向。经过一晚上的创作，一幅用嘴唇亲吻出来的埃文肖像栩栩如生地出现在画板上。

　　受此启发，凯瑟琳开始了嘴唇创作，她先后创作了蒙娜丽莎、玛丽莲·梦露等名人画作，这些画作形象逼真，栩栩如生，一传到网上就引起了轰动，而当人们得知凯瑟琳是为了完成前男友遗愿，为叙利亚难民筹集资金时，大家都被这个坚强而心里充满了爱的女孩感动，人们像追捧世界名画一样纷纷出高价前来购买凯瑟琳的亲吻之作，甚至她的普通画作也在几天之内销售一空。

　　对于心中有爱的人，人们总是充满了尊敬和爱戴，而凯瑟琳的亲吻之作传递给世人的却不仅仅是爱，而是对战争的诅咒和对世界和平的呼唤。

有责任的人不绝望

[英] 阿曼达·贾德森 / 文
周美芳 / 编译

　　他叫卡尔，因为一场大火，让他失去了一切。他的父母、妻子和儿女，一夜之间全没了。幸免于难的卡尔，失去了独自活下去的勇气，于是，他准备自杀。

　　卡尔来到了有名的"自杀崖"，那是一个陡峭的山崖，因为很多失意人选择在这里自杀，所以被人们称为"自杀崖"。只要从崖壁上跳下去，就是铁人也会粉身碎骨。卡尔闭上了眼睛，他觉得自己马上就可以见到那些死去的亲人了，于是显得有些迫不及待。就在他决定纵身一跳的时候，他感觉到自己的衣服被人扯住了。卡尔回头一看，发现那个扯住自己衣服的人竟是一位老太太。

　　老太太说，年轻人，你有什么想不开的，不妨跟我说说吧。于是，卡尔将自己的经历跟老太太讲了。老太太说，年轻人，你的确很不幸，看来，我们是同病相怜啊。卡尔一惊，问，您也失去了所有的亲人？老太太说，也可以这么说，除了一个儿子还不明生死外，其他人早没了。老太太还说，如果能让她见儿子最后一面，她就是死了也没遗憾了。

　　见卡尔沉默不语，老太太说，不如你去帮我寻找我的儿子吧，我求你了，只要你去找了，不管找不找得到，我也就没有遗憾了。卡尔有点犯难，他本来是来这里寻死的，现在却被这么一个老太太缠住了。老太太似乎看出了卡尔的心事，她长叹一口气后说，既然你不肯帮我找儿子，我活着也没意思了，不如让我先死吧，你得等我先跳下去，你再跳，这样也就等于有个人给我送终了。说着就要往崖下跳。

卡尔忙将老太太拉住，说，您还是别跳了，我答应帮您找儿子，如果一个月内，还找不到您的儿子，那您就别怪我了。老太太笑了，说，好，我们就这样说定了。现在，你就背着我去找我的儿子吧。

原来，老太太不仅年迈，而且腿脚也不方便，更令人沮丧的是，她还是个居无定所的人。老太太说，如果不是因为牵挂着儿子，我早就跳下崖去了。于是，卡尔背着老太太离开了"自杀崖"。他租了间小屋，将老太太安顿好后，便按照老太太的回忆，开始寻找她的儿子。一连好几天，一点儿线索也没有。既然期限是一个月，那么在没找到老太太的儿子之前，两人就得吃喝，于是，卡尔又听从了老太太的建议，去找了一份工作。

卡尔一边工作，一边照顾着老太太，还一边帮老太太寻找她的儿子。很快，一个月时间过去了，别说找到老太太的儿子，就是连长得与老太太儿子的照片相像的人都没遇上过。卡尔有点灰心了，但老太太却苦苦地哀求卡尔，既然你已经找了一个月，就再答应我找一个月吧。我保证，如果还是找不到，我也不怪你了。无奈，卡尔只得答应再找一个月。

一个月时间很快又过去了。老太太说，看来，是真的找不到了，现在，我只求你将我背到"自杀崖"。卡尔犹豫了，难道自己真的忍心看到这个孤苦伶仃的老太太，在自己的眼皮底下跳下"自杀崖"？卡尔嗫嚅着说，要不，我们再找一个月吧？兴许真能找到呢！老太太一下子高兴得叫了起来，这可是你说的，哦，我又能继续找儿子喽。望着老太太像一个孩子似的高兴的样子，他悄悄地流下了眼泪。

后来，一个女孩得知卡尔的故事后，便爱上了卡尔。差不多一年时间过去了，卡尔一边工作，一边谈恋爱，一边照顾着老太太，依然还在帮着老太太寻找她的儿子。突然有一天，老太太对卡尔说，都这么长时间了，既然还没能找到我的儿子，我想，他肯定早就不在人世了，不如我们放弃寻找吧。

卡尔的心里一惊，反问道，我们现在不是过得好好的吗，为什么要放弃呢？老太太笑了，说，孩子，我要的就是你这句话。原来，老太太根本就没有儿子。她只不过是想给卡尔一份责任，让他别对生活绝望而已。老太太说，孩子，既然你现在又有了新的责任，那我就不需要你照顾了，因为我还有许多事情要做呢。我希望你好好地照顾你的女朋友，好好地活下去！

后来，卡尔在一份报纸上了解到，老太太就是有名的慈善家安娜。她以这样的方式救下了不少像卡尔这样的年轻人。

小冰棍儿

凉月满天

"小冰棍儿"守在急诊室外的塑料长椅上，浑身发抖，两手冰凉。姥姥在里面。

"小冰棍儿"是人家给她起的外号，十几岁的姑娘，几乎从来不笑。

白大褂来到跟前，她抬起头。

咚。

"小冰棍儿"晕倒了。

他还什么都没说呢。

当她醒过来，发现自己躺在沙发上。房间里空调呼呼地吹着热风。白大褂正写病历，看她醒了，直截了当："你姥姥的……"

"你姥姥的！"小冰棍儿嘴快地回了过去。

"噗。"医生喷了，"我是说你姥姥的病……没事了。"

"小冰棍儿"的脸色变了好几变，医生怪有趣地看着她，过一会儿慢慢地说："去看看她吧，203病房。"

姥姥正吸氧昏睡，"小冰棍儿"握着姥姥的手，低着头，肩膀一耸一耸。

医生站在门口。

"小冰棍儿"上学去了，医生来到姥姥的病床前，然后，知道了"小冰棍儿"的爸爸在外边养小三，然后和妈妈离了婚。妈妈自杀了，爸爸和爷爷奶奶都不肯要她，姥姥就捡破烂供她读书。从那时起，她就不会笑了。然后，昨天早晨，不知道怎么回事，姥姥晕倒了。

于是，当姥姥出院的时候，"小冰棍儿"就发现这个笑起来有点贼贼的中年医生开着车等在门口。"小冰棍儿"警惕地看着他，他慢吞吞地说："上车吧。"然后把她们送回家。

后来，有一回，他请她们到他家做客。他家客厅里挂着一张照片，照片上的人和"小冰棍儿"出奇地像。这是医生的亲生女儿，得了白血病，去年去世，比"小冰棍儿"大三个月。医生的妻子怕睹物思人，出了国，家里只剩下他一人。医生说：见到"小冰棍儿"的时候，他觉得是女儿又回来了。

后来，他就常常来"小冰棍儿"家，每次都带些补品，又给"小冰棍儿"买辅导书。

一天早晨，姥姥闭上眼睛，再也没有睁开。当大叔医生赶来的时候，"小冰棍儿"抱着姥姥，神情呆滞，一动不动。医生慢慢蹲下身子，握住"小冰棍儿"冰凉的手指，在她耳边轻轻说："'小冰棍儿'，姥姥没有吃苦。她走得很安详，没有吃苦。"

他反复地、温柔地、一遍一遍地说，直到"小冰棍儿"干涸的眼睛渐渐流下眼泪，一滴、两滴。

半年后，"小冰棍儿"考上大学。四年后，她以优异的成绩毕业，开始用自己的工资还助学贷款。"爸爸"医生——姥姥去世后，医生成了她"爸爸"——本来要供她读书，被她拒绝了。她想用自己的努力走好自己的人生。

"小冰棍儿"拿到第一个月的工资，想去拜祭一下姐姐，医生尴尬地笑。"啊，"他说，"那个，其实吧，我根本没有结婚，也没有女儿。墙上挂的是你的照片。我想帮你，又怕你害怕，就想了这么个笨办法……"

"小冰棍儿"瞪着他，不说话，空气仿佛都凝结了。

渐渐地，她开始笑，医生也开始笑。

两个人疯疯癫癫地大笑仿佛像两朵开在春风里的大花。

父母不在了，兄弟姐妹就成了亲戚

罗 西

  老家福建仙游，扫墓叫祭墓，清明前一次，冬至后一次，一般一年祭两次。自从父母离世后，我似乎对坟墓不再那么忌讳、害怕。有句忧伤的话是：父母离世后兄弟姐妹就成了亲戚。而扫墓，可以让兄弟姐妹重回童年的感觉，所以，清明节，我们反而不太悲伤，甚至把它当作一次在先人庇佑下的青山聚餐。

  去年这个时候我回乡扫墓，黄家三兄弟在父母坟前合影，我想父母会很欣慰三个小家的温馨美好团聚，因为之前一年里，两个弟弟因为任性还吵架、闹别扭一阵，然后彼此都感到后悔、孤单，到了清明节，他们不约而同地和好了。

  在我父母的坟前，我对小儿子说：小时候你老惹事生非被我打，总有奶奶拉开保护你。他调侃句："可最后还是挨揍！"不过，在爷爷奶奶坟前除草、跪拜，小儿子做得最标准，跪得那么虔诚，我都感动了。

  母亲生前在别人家要了几支百香果的藤，种在我家小弟楼顶，成活了、结果了，后来不知道为什么一大片百香果的蔓藤突然枯萎了。还好，大姐曾在弟弟家剪了几枝回去，栽在屋后，也成活了、结果了。前年立春，大姐特意托人送我一把百香果的枝藤，我认真地把它们插在花盆里养，到现在已经开花结果了……说了这么绕的一段话，其实只藏两个字：怀念。

小时候受父亲影响，逢年过节，做卤肉饭或者炒面，六口人，要做八个人的份，觉得有剩余才是丰衣足食。所以，我家冰箱里一度总是堆满剩菜剩饭。不知什么时候开始，人生秋季开始落叶、做减法了，茶也渐渐喝淡了，先修身然后养性，不是越挥霍越幸福，而是越珍惜越幸福。

小时候，家门口，父亲栽好多苦楝树，说是我们三兄弟长大后苦楝树成材了可以砍下做家具，三兄弟要做三套婚床、衣柜……父母对苦楝树似乎特别偏爱，据说其木做家具结实清新。多年后，在福州城里，无意里在公园里看到几棵苦楝树，其一侧是榕树。很喜欢"苦楝树"三个字，总觉得有故事、有心情，像笔名，不是父母起的，却总要带点与父母相关的忧伤。

小时候，在老家福建仙游县，有一种野菊花叫"臭菊"，一般用来堆肥料，现在想想有些暴殄天物。后来也在福州的温泉公园里看见它，犹如久别重逢。其实，"臭菊"不臭，只是它的香不曾艳俗。"父母在不远游"，父母不在了，我在异乡看到与父母相关的草木那么惊喜，这也是睹物思人吧。

小时候母亲总是在冬天不停地提醒我们两个御寒的方法：一起床就喝一杯热水，一下子身体就暖起来；还有，夜里或野外走路，扎一条腰带，抵得上一件棉袄。其实，周杰伦的歌"听妈妈的话",也与一件马甲的暖意相当。而此刻对我而言,想起母亲的话,也算是给自己添一件棉袄。现在每天我都要吃个地瓜,有放稀粥里煮的也有在微波炉里烤的,吃地瓜其实就是想念儿时与父母,因为小时候每天的主食之一就是地瓜。

作家王蒙给鲁迅文学院的学生上课,向学生们提了一个问题:"在你的人生当中,最让人感动的一句话是什么?"一位哈萨克族学生说:"父亲去世那年,我很难过,可有个人对我说,生老病死,自然规律,不要太悲伤。你的父亲虽然不在了,但他吃过饭的人还在,和他说过话的人还在,和他一起长大的人还在……"确实,父母不在了,兄弟在、故乡在、孝心在……

乡愁是做一道家乡菜孩子们吃得正香习惯性地想回头喊父母发现他们不在好多年了,乡愁是在故乡田埂上看到母亲生前常采的草药而想念小时候的那些咳嗽和肚子疼;乡愁是童年的小伙伴已当爷爷了而我50岁了还童心不改,乡愁是姐姐老了弟弟老了妹妹也老了,乡愁是老去的光阴是一去不返的容颜是独自会心一笑后的泪流满面……

父母在,乡愁在故乡;父母不在了,乡愁就装在人生行囊里。

我长成了您心里的模样

张亚凌

"找打，这孩子。"奶奶说这话时总是高高地举着手，一副气呼呼的样子。而我，就是那个缩着脖子站在墙角找打的小可怜。奶奶有充分的理由生气：我不仅不能像她要求的那样，反倒大相径庭：

瞧，我正趴在草丛间跟胖丫一起让两只蛐蛐打架。太逗了，我俩的笑声噼里啪啦地拍打在草叶上，叶儿也被感染了，欢快地一抖一抖。突然，胖丫的神情很奇怪，像受了惊吓般满脸骇然。我扭头，顺着她的目光看去：奶奶凶神恶煞般站在我的身后，她的厉害全巷子里的小孩都清楚，难怪胖丫吓成那样。

奶奶一把拎起我的衣领，重重地将我放在一个砖台子上，而后训斥道："跟野孩子一样。"害怕是害怕，可我还是撅着嘴满脸不服气。野孩子怎么了，野孩子多舒服，在地上打几个滚满身泥土也没人说。哪像我，在凳子上坐着腿也不能摆动。不过奶奶的话还是得听的，她连我那么厉害的妈都收拾得一愣一愣的，我哪里敢招惹她？好吧好吧，我不趴在地上总行了吧？

好吃的？我的脏爪子就伸了过去。"哎哟——"筷子敲在了我的手背上，还真的下手呀，生疼。

"饿死鬼托生的？"挨了打还挨骂，真是的。"女娃娃，自家没形没样将来咋当妈？洗手去——"

当妈？这话说给六岁的娃娃，连旁边的小狗都笑得在地上打着滚停不下来。"我才不当妈。"我犟了一句。可不，当妈得做饭洗衣服还得下地劳动，太辛苦了。我要一直做小孩。可我哪里敢犟奶奶？还是乖乖地洗干净手吧，洗个手总比挨筷子舒服。

我正咧着嘴巴哈哈大笑，奶奶一来，马上闭了嘴巴，还是被她逮住了，她又高高地举起手，训斥道："嘴里得是能塞进两热鸡蛋？抿嘴笑抿嘴笑给你说了多少次，牙不整齐还都往出跑？"

我在心里"哼"了一下：牙不好好长，怪我吗？不过，还是学会了小心，省得招惹奶奶那座瘟神。

每每我匆匆忙忙风风火火从奶奶身边经过时，一定会被她利索地一把揪住小辫子，数落一顿。她说女孩子家，要文气秀气大气，听得我只有生气的份儿了。为了减少麻烦，在奶奶面前，我尽可能表现得规规矩矩，甚至比她要求的还好。一转身，就变本加厉的疯与野。

奶奶从不理会哥哥们，哪怕他们光着身子说话粗鲁，只是逮住我不放。"男娃不野，跑不远也看不住家。"我鼓起勇气给奶奶提了意见，她那样回了句。而后，又盯着我说："女娃不像女娃就嫁不了好人家过不了好日子。"天——，说的是啥话，面对一个不到十岁的丫头片子？

慢慢地，在奶奶的教养下，我开始收敛了，也出息了很多，甚至开始有人说我不像农村娃娃了。

终于有一天，奶奶要去一个很远的城市看她的表妹，带着我。

见到那个奶奶，我的眼睛一下子亮了起来，她看起来真的跟奶奶不一样：坐着，腰板挺得直直的；是很开心，笑也一直在脸上流淌，却不会拍着手咧着嘴巴前仰后合……突然涌起一种奇怪的感觉，好像这位奶奶一直就站在童年的我的对面，奶奶就是看着她指教我的。那个奶奶性情温润，不急不躁，她有时会抱着我说，瞧这丫头，咋像我小时候。那会儿，奶奶脸上就像开了花，灿烂无比，还有点羞涩。

多年后，我也到了谈婚论嫁的年龄，奶奶拉着我的手说了一段往事：当初是给她介绍的男人，两人都谈得不错了，那人临走，遇见了奶奶来走亲戚的表妹（就是那个城市里的奶奶）。只一眼，都没说话，就看上了。"你看，女人就要有女人样，就有好夫命。"奶奶的目光里似乎还有一丝遗憾。

我有点明白了：奶奶生了七个儿子，儿子们又攒着劲生儿子，好不容易来了一个我，她终于可以教养女娃了，而自己多年前的表妹，就是她心里的样子。只是奶奶不知道的是，心里没爱，即便长得像天仙再淑女，也不会讨人喜欢的。而她，咳嗽两声，也让爷爷担心半天。

奶奶高举的手从未落下，而我，已长成了她心里的模样。

寄宿的日子

张亚凌

初中的学校在小镇的最东边，离我家十来里路。将去一个完全陌生的学校上学，整个暑假，我都在兴奋中度过，到了9月1号，急切的心早就在胸腔里蹦得难受，恨不得拔腿就冲进学校。可让我无比懊恼的是一大早，母亲还是让我跟着她去锄地，顺带割猪草。心里揣着一千一万个不情愿，以至于后来割破了自己的手指。可在我赶到学校时，宿舍被先到的学生占完了。我又背着铺盖、干粮袋子往回走。那天的我，来回近30里，大汗淋漓地背着那么多沉甸甸的东西，多少像个小傻瓜。

第二天，母亲借了辆自行车，捆绑好铺盖，干粮，我们就出发了。母亲得为我找睡觉的地方。

我们来到距离学校三四里的一个村子。七拐八绕就进了一条小巷子，站在一户比较破败的土门楼前。母亲又嘱咐道，妈把人家叫"姨"，你得叫"老姨"，嘴巴要甜。

母亲一进门就热情地喊："姨——，姨——"喊了几声，从北屋里出来了个老人，她看母亲的神情显得很是生分。母亲在殷勤的叙家常里含蓄地说了跟老人的亲戚关系，我也听明白了：眼前母亲叫姨的这位老人，是母亲嫁出去的二姨去世后二姨夫另娶的女人的堂妹，真真的是七拐八拐拐出来的亲戚。我自然底气不足，小声地喊了声"老姨"。

母亲把带的点心放在桌子上，很不好意思地提出了让我暂时借宿一阵子的想法。

"说来说去都是自家人，你看，这么大的炕，就我一个人，娃睡在这我也有个伴。"老人答应得很痛快。

我就很小心地住了下来。我跟老姨住在北屋，西面的两间房子住着她的儿子儿媳孙子，我早出晚归，很少见到他们。

谨记着母亲的叮咛，不能费老姨家的灯油，我总是下了晚自习后留在教室里做完老师布置的家庭作业才回去的。那个村子的孩子也都不住校，可人家是一下晚自习就往回赶，而我得留在教室做作业，也就一直没有同行者。特别是冬天的晚上，寂静得让人害怕。我就边走路边咳嗽，用一声声咳嗽来给自己壮胆。偶尔，响起一个声音，原本胆小的我会吓得打个哆嗦。

冬天，我就摸索着从老姨房子里的小水瓮里舀半瓢水，将自己的毛巾大概弄湿，在脸上沾沾，就算洗过脸了。老姨似乎也察觉到了，偶尔，她会侧起身子说，娃，从炉子上倒点热水掺上——瓮里的水太冰了。

尽管老姨那样招呼我，我还是不好意思掺热水，只答应说，不冰，没事老姨。

老姨已经很老很老了，我总搞不清她是醒着还是睡着，更多的时候，她都是迷瞪着。老姨也从来不叫我的名字，或许她压根就没记住我叫啥，总是"娃""娃"地跟我说话。

"娃——，你自家操心点，不要去书坊迟了。"老人把学校叫"书坊"，我还是头一次听到。迄今为止，我都觉得把学校叫书坊是最美的称呼。

老姨家没有表，老姨每天都是很困的样子，迷瞪着，似乎也没多余的精力干别的事，不可能为我上学操心的。我就自己估摸着时间起床去学校。

有好多次去得实在太早太早了，独自在学校门口等了很久很久才来了第二个学生。以至于三十多年后的今天，我一直觉得让一个孩子自己估摸时间上学，真的是件再残忍不过的事情：惦记着上学害怕迟到，根本就睡不踏实，总是半睡半醒迷迷瞪瞪。

我从来没有在正常的时间起床去学校，真的是披星戴月，自然也没有同行者。没有同行者，在别人看来或许是很遗憾的事，其实不然——

冬天，下过雪后的清晨，我一定是第一个在洁白的雪地上留下脚印的人。因为知道自己总是等学校开门，路上就有充足的时间玩雪了：

脚后跟倾斜着连在一起慢慢挪动，走出来的行迹像极了车轮；一只脚固定，另一只脚旋转一圈，像硕大的圆规；像在自己村里结冰的池塘上一样，我也会一路滑翔，飞的感觉；有时用脚在地上划拉出一朵又一朵的花儿，喇叭花打碗碗花鸡冠花农村孩子所能想起的所有的花；情致来了，还会快速堆个小雪人……那会儿，也没有了早起独行的害怕。

落过雪的早晨，等在校门口的我一定是满脸欢喜。我会一整天都很高兴，好像那场雪是专门为我而落，是我一个人的盛宴。

　　常常想起寄宿的日子，想起慈爱的老姨。

不仅是一笔钱

陈志宏

　　最初的最初，他利用一切时间，捡垃圾。套句经典的话说：他不在捡垃圾，就在去捡垃圾的路上。当然，他也有正业，在建筑工地做小工。只是，工越来越不好接，做了，工钱也越来越不好拿。还是捡垃圾来得实在，就是太少了。

　　家人不允许他收入太少了。

　　他就在捡垃圾的同时，顺带"捡"一些值钱的东西：钱包，手机，自行车。"捡"得很少，但收益可观。不过，还是供应不了家人，接了上顿，续不了下顿。

　　这是怎样一个贪婪的家庭呢？

　　如果你真这样想，那就大错特错了。他们一点儿也不贪婪，只想维持基本的生存，或者说，只想活下去。在乡下的老家，他有一个患尿毒症的老婆，治了几年，掏空家底是小事，所有的亲友都被他借遍了，大家都没有富余能力帮他们了。屋漏偏逢连夜雨，十岁的女儿，在帮他一起捡垃圾时，被汽车轧断了腿，无良司机肇事逃逸，一分钱都没有赔到。女儿残了，看着就心疼。雪上又加霜。小儿子视力不好，去医院检查眼睛，医生下了最后通牒，若不趁早做手术，不用多久，孩子的两眼就要全瞎了。

他作为一个丈夫，作为一个父亲，独自撑起这个多难家庭的一片天。他想，老婆透析可以不做，甚至朝最坏处打算，她可以带着对人间的不舍和对人世的留恋，去另一个世界。但儿子不可以没有一双健全的眼睛，他今后的路还长着呢，没有眼睛怎么行。

儿子的眼睛，不是钱包、手机和自行车能换来的，他得干一大票才行。抢银行？借十个胆也不敢呀。入室盗窃？想到被人抓住，就不寒而栗，还是不敢……做大票，有时，要的是异常的大胆，但他明显不具备。

但想到儿子的眼睛，不大胆哪行？一双明亮的眼睛和一副锃亮的手铐，在他脑海里交替出现。他都快疯了。怎么办？不能凉拌，一定得办！选了一个他熟悉的地方——新型农村合作医疗报销处。那个地方，他为老婆报销一点微不足道的费用，去过很多遍了。他知道，有能力垫资看大病，来此报销时，就能领到一笔可观的巨款。

他佯装要报销费用，踩点了好几次。机会终于来了，一个年轻妇女从报销处取回三万多块钱，刚想放进包里，说时迟，那时快，他一个闪电抢夺，将包里的钱收归己有，迅速逃离。

这笔钱，真是及时雨啊。

他先到了几个催得急的亲友家，把借款还掉。然后，带上老婆和儿子去医院。老婆做了一次透析，精神和气色都好了不少。儿子的各项检查都做完了，正待第二天动手术。不早不晚，不尴不尬，警察来了，一副手铐将他牢牢铐住。

临走，面对儿子，他无语凝咽，眼泪一滴一滴，洒了一地。

他抢的款很快被警方追了回来，但并不能因为将钱财完璧归赵，就能减轻法律对他的惩罚。他抢夺数额巨大，理应重判。与此同时，不同意见也被人提了出来——他的行为的确不存在对社会的重大危害。他犯罪的本身，是对善良的追逐和回报，处罚应酌情减免。

法院的判决书很快下来，原本要判3至10年的他，被判刑3年缓刑5年，并处罚款2000元。令他意想不到的是，审判他的法官亲手给了他5000元捐款。法官说："法律是无情的，你触犯了法律理应受到处罚，但你的家人还等着你去帮助。这是我们全院法官的捐款，请你收下。"被他抢夺的受害者也走了过来，给他塞了300块钱。

他再一次跪下，重重磕了三个响头。他从小就被父母教导，男子汉大丈夫膝下有黄金，切莫下跪。但他觉得，不下跪无以表达此心。

抢夺于他，不仅仅是实施犯罪，还有对家人的爱。他抢来的不仅仅是一笔钱，更是对亲人关爱的落实。一笔钱的事，有时，不仅仅是一笔钱，还有高如山宽若海的深情与大爱。

他的"事迹"很快上了电视，感动一座城。陌生市民来慰问，捐款纷至沓来。一笔一笔，不仅仅是钱，更是这个社会的良心，这人间一片片的爱。

他怎么也不敢相信，老婆居然做了肾移植手术，儿子重见天日，永无失明之虞，女儿也快乐地背起书包，上学了。

最后的最后，他除了上班，还一如既往地捡垃圾，尽管手里还有一大笔钱，但多余的一分也没留，全转捐给了慈善总会。他说："自己有手，自己挣嘛。做人做人，就是要做。"

　　他停不了手的，惯了。

刻在大山上的音符

积雪草

　　26岁那年，她的丈夫因病去逝了，她一下子失去了依傍，成了一个形单影只的女人。孤单寂寞并不可怕，可怕的是生活的压力一下子倾斜到这个年轻女人稚嫩的肩膀上。她领着四个孩子，过着举步维艰的拮据日子，泪流干了没人怜，心碎掉了没人疼，被窝冷了没人暖，苦日子长得像没有尽头似的。

　　遇到他的那一年，他才16岁，还是一个青葱年华的少年，若在城市里，那还是在父母跟前撒娇的年纪。可是，生活没有给他选择，他生活在大山里，默默承担起了照顾她以及她的四个孩子的责任，担水、劈柴，凡是该男人做的体力活，都不在话下。

　　他默不做声地做着这一切，给予她温暖和关爱，帮她撑起这个家。为了她，他放弃了去山外面的许多机会，一直默默地守在她的身边。

　　因为他的出现，她的生活里重新有了阳光，有了欢声笑脸，她年轻的脸庞上多了妩媚和生动。四年后，他长到20岁时，向她求婚，被她一口拒绝了，她说："我是一个结了婚的女人，而且有孩子，我不能拖累你，也不忍心拖累你。"

他的求婚，不但打破了她宁静的生活，也打破了整个村子的宁静，原因是，他比她小10岁，是单身青年。她比他大10岁，是死了男人的寡妇。爱的天平两端，无疑是不相称的。

在那个传统守旧的小村子里，他们相爱招来了巨大的非议，口水、嘲笑、讥讽，像一个个巨大的旋涡，把他们置于旋涡的中心，让他们恐惧、挣扎，透不过气来。

20岁的男人苦思冥想多日，最后慎重地问女人："你愿意跟着我吗？"女人点了点头，然后又摇摇头。男人又问："一辈子都不后悔？"女人又点了点头，然后又摇了摇头。男人不解，问她："你为什么又点头又摇头？"女人眼泪就流下来了，她说："我点头是因为我喜欢，我不后悔。我摇头是因为我们不可能在一起，村子里的人，一人一口吐沫就会把我们两个人淹死的。"

就是那一天，男人做了一个让村中人震惊的决定，他带着女人和女人的四个孩子到与世隔绝的深山老林里隐居，避开世俗流言，避开约定俗成的规矩，开始了新生活。

从那一天开始，一夜之间，小男人，大女人，以及女人的四个孩子，在村子里消失了，仿佛人间蒸发一样。

上山后最初的日子里，他们食用从村子里带来的干粮果腹，喝山泉水，后来靠挖野菜，食野果度日，忍饥挨冻，过起了茹毛饮血的原始生活，凭着坚强的毅力来一点点开辟自己的理想中的爱情家园。

夫妻俩在山上选了一个向阳的山坡，建造了一处土屋，用来遮风挡雨。饿了，在房前屋后吃自己种的粮食，渴了喝溪水，过着刀耕火种的原始生活。物质上的赤贫尚且能忍受，野兽的袭击也能防御，但是精神上的赤贫却是最让人无法忍受的事情，因为他们想念山外面的亲人，想念山外面的世界，可是下山却没有路。

女人常常站在土门前，望着山外，望着村子的方向发呆。有一回，女人哭着问男人："都是我不好，是我拖累了你，看不见自己的父母兄弟姐妹，你后悔了吧？"男人摇了摇头说："不后悔，你若是想下山，想念亲人，我就为你修一条路，通向山外面，让你下山方便些，让你看一看外面的世界。"

男人说到做到，真的开始修路。农闲的时候，男人拿上铁钎、锤子之类的工具，在崎岖的山崖和千年古藤间，一凿一凿，开始极其艰辛地修造爱情天路，渴了喝泉水，饿了啃山芋。一双手磨出了血泡，血泡破了落茧，一层一层，新陈积累，一双大手被坚硬的石头磨砺得粗糙不堪。

女人抚摸着男人长了一层厚厚老茧粗糙不堪的大手，双泪长流，她心疼地说："咱不修了，修了路也没用，反正我也不出山，我就跟着你，我和你一起在这山上守一辈子。"男人安慰她："就快修好了，我能行，你放心吧！修好了，你就可以下山了，到外面去看看。"

男人凭着惊天的毅力和对爱情的虔诚，修筑了一条通天的天路，后来有人把这条路叫作"爱情天梯"。这项巨大的工程耗费了男人将近半个世纪的时间，阶梯是顺着山坡地势蜿蜒而上，有的是在悬崖峭壁上用铁钎开凿而成，有的是用碎石拼接而成，每一级石阶都被男人的手抚摸过无数次。这些石阶仅仅够一只脚的位置，因地势险要，稍有不慎，便会有生命危险。

几十年过去了，男人由小伙子变成了老头子，女人由美少妇变成了老婆婆，男人终于完成了他的巨幅爱情作品——6000级爱情石阶，这个路虽然蜿蜒曲折，险峻无比，可是他们的子女都已经通过这些石阶天梯走到了外面的世界，唯有他们还留守在那间见证了他们爱情的土屋里。

女人在数得过来的几次下山去镇子里时，都会顺着6000级石阶而下，回来的时候，男人会等在小桥边，和女人一起爬上6000级石阶，回到家里，在那间土屋里开锅造饭

这是一个真实的故事，发生在四川江津南部人迹罕至的深山老林中。

在电视上看到这个故事时，我流泪了。九千九百九十九朵玫瑰在他们面前，变得苍白无力，象征爱情硬度与纯度的钻石变得无足轻重，也许他们之间一辈子都没有说过"我爱你"，更不会用"爱情"两个字来界定自己的行为，但是，男人倾尽半个世纪的时间，仅仅为女人下山方便，便在大山上雕刻了6000级爱的音符，用纯朴与真实诠释了爱的真谛。

很多时候，爱情不是挂在嘴上的，爱情是修筑在心里的。

下辈子做两棵开花的树

积雪草

　　静默的时光，我常常会想，人真的会有下一辈子吗？假如有，下一辈子会是什么样子呢？我们还会在一起吗？请原谅我偶尔偏离，偶尔弱智，偶尔天真，去想那么不靠谱的问题，好吧，尽管我不好意思承认，但事实上我真的想过。

　　下一辈子，虽然是很飘渺很虚无的说辞，但偶尔想想，也不算什么大碍，因为我想得更多的，还是这一辈子。

　　在这一世里，我们不是两棵会开花的树，各自安静地吐露芬芳，我们是两个大活人，我们的生活纠结在一起，剪不断，理还乱，彼此争吵，相对流泪，互相关爱，也互相伤害。

　　像大多数孩子一样，曾经，你也是个小天使，乖巧，童真，可爱，小小的脑袋瓜里装着各种各样稀奇古怪的问题，常常会把我问住，把我问倒。我张口结舌地看着你，但心底的快乐却在开花，看着你明亮的黑眼睛的时候，我会想，你是上天赐给我的最好的礼物。

　　那么漫长的时光，无论遇到什么样的困难，遇到什么样的挫折，因为有你，我都会充满希望，因为有你和我在一起。

　　后来，你慢慢长大了，我们的关系反而没有小时候那么融洽与和谐，我们进入了一种很微妙的对峙状态，我的话对于你来说连左耳进右耳出都算不上，甚至连耳边风都算不上，你变得陌生而遥远，我行我素，叛逆而又咄咄逼人。

那时候，我情愿你还是小时候的样子，我知道我又痴人说梦了，这根本不可能，因为每一个人的人生都是义无反顾地向着一个方向，而成长又是一个必经的途径，怎么可能选择绕过或逃避？

你固执、叛逆，张扬着尚不成熟的小思想与我争执，说一些让我伤心的话，完全不顾及我的感受。我无法理解，也束手无策，那个天真快乐的小男孩，怎么眨眼间就不见了，变成了一个身上长满了很多刺的少年？

我自认为我还是了解你的，你聪明、善良，可是你也有太多的缺点，没有恒心，缺乏毅力。我从来没有想过，你会是完人或者人上之人，我只是希望你能健康快乐地成长，与自己无忧，与社会无虑。

无论未来如何，我都希望你是一个正直善良的人，做事有自己的底线，不伤害自己，更不能去伤害别人。我知道你不爱听我唠叨，但在这个世界上能像我这样和你说话，没有半点私心，没有半点利己，除了我之外，还有一个人，那就是你的父亲。当然现在你不会懂得，等你有了自己的孩子时，你就会体会我们的心情。

我承认，我有时候做得不够好，可能对你关心不够？或者言语粗暴些？但是你应该知道，我们生活在同一个屋檐下，我又不是生活在真空里，我不会时刻去装，我也有心情不好的时候，我也有小烦恼，我也有小忧伤，但是无论在任何情况下，哪怕就算言语过格了，那颗心始终是一颗母亲的心。

作为母亲，我当然希望你十分优秀，当然希望你前途一片坦荡，你没有想过的，或者你不十分在意的，在我心里都已想过无数次，天下有哪一个母亲会不希望自己的儿女安好有出息？

可是，假若那个目标十分遥远，没有办法达成，也没有关系，毕竟人活着并不都是为了那个遥远的目标而活着，只要奋斗过，努力过，就没有什么可遗憾的。

在未来的时日里，无论你的境遇如何，无论成功或者失败，在我的心目中，你都是我最好最优秀的孩子，不是我盲目乐观，是因为我实在是太了解你了。

静默的时光，我常常会想，人真的会有下一辈子吗？假如有，下一辈子我们还会做母子吗？我们还会相守在一起吗？

想来想去，我有了一个答案，如果真的有下一辈子，我们不再做母子，无论你爱我还是不爱我，无论你恨我还是不恨我，这一生、这一世的相亲相守，就已经足够了，我不会把希望把未来寄托在飘渺的下一辈子。

既然不奢望下一辈子，那么这一世，我们就要珍惜在一起相处的时光，珍惜在一起相处的母子缘分。好好做人，做好人，与别人无碍，与社会无害，就是我对你最大的期望。

如果人真的有下一辈子，我是说假如，原谅我又想这么不靠谱的问题了，如果人真的有下一辈子，那么我希望我们是两棵会开花的树，或者是两棵不会开花的小草，总之，我希望我们是植物，芬芳也好，静默也罢，只遥遥地相望，不亲，不近，不爱，不恨，各自芬芳，互不相扰，安静地生活在这个世界上。

只做一世的母子，就已经足够好了，我开心，也知足。盼你人生的路，每一步都坚实自信稳妥，你安好，我便安好！

爱，总要拐几个弯儿才来

朱成玉

他和她，是经人介绍认识的。

他是一个的士司机，老实巴交的一个人。长年累月，风里来雨里去，行遍了小城的每一个角落。她是银行的小职员，每天两点一线，很内向很规矩的一个女孩。正因为两个人这样的性格，导致了他们成为大龄的"剩男剩女"。

他和她在一起，话不多，常常会因为想不起说什么而有些尴尬。她和他在一起，常常心有旁骛，一颗心没有着落的样子。中间做媒的人跟着着急，问他们到底还处不处这个对象，两个人没说处也没说黄，彼此等着对方说些什么，却都是欲言又止。

偶尔，他们也会聊起那些过往。他说，媒人给他介绍过两个对象，可是最后都黄了，因为其中一个不让他把母亲接过来住，而另一个却嫌他穷。就像他的人一样，连过往的经历都那么平淡无奇。她也对他说了她的过往，从她说话的表情来看，她是留恋那些岁月的。她说她有过两段感情，烟花般绚烂而又短暂。两段感情都有着相似的情节，灿烂的开始，落寞的结局，两个男人先后负她而去。这两次情感经历就像两把刀子，生生地割着她的肉。她是一个"死心眼"的女人，总是无法从记忆的阴霾中走出来，家人跟着着急，就想让她尽快嫁出去，怕她这样时间长了会生病。

情人节的时候，憨厚木讷的他不懂得给女孩子送花，更别说什么好听浪漫的话语了。只会开着车子对她说，带你看看咱城市的夜景吧，很好看呢。她就坐在车里，不说什么，任凭他把车子开到哪里。她想起以前的男友，在情人节的时候找来一大帮人，为她在一个偌大的楼顶燃放烟花，那些异彩纷呈的浪漫璀璨了她那颗少女的心。只是她想不明白，那样美好的东西，为什么会稍纵即逝呢？

"哎！"她轻叹着，哀怨的眼神飘向窗外。她说她总是不能忘怀，那些浪漫的情节，仍旧时常在她的梦里闪现。每每这个时候，他也会轻声地跟着叹息，仿佛对面坐着的，是他的一个受了伤害的亲人。

每天她下班的时候，他都会准时把车停在她的单位门口等她，送她回家。他不说什么，就那么憨憨地笑着，接过她的包，替她打开车门，每天都是这样。如果哪天单位加班了，他就在外面等，哪怕等到深夜。和她的"死心眼"比起来，他就是有点"一根筋"了。按理说，通往她家的是一条大路，他完全可以在那条大路上直达她的家。可是他偏偏不走大路，总是七拐八拐地走一些小道。她在心里笑他，以为他只是想和她多待一会，可是又不善于表达，就想到这个笨笨的办法，虽然可笑，也挺可爱的。想到这里，她并不埋怨他。

终于忍不住，有一天，她问他，有条大路可以直接通向她家的，为什么总是要走小路呢？七拐八拐的，费事不说，也费油啊。他只是笑笑，没说什么。

日子就那么过着，两个人谁也没说过和爱有关的字眼。他认为每天能开车送她回家就很幸福了，他以为这样她就是默认了他们的关系。直到有一天，他突然接到她的电话，让他别去接她了，她说她有事情不回家了。他并不奇怪，只是到了那个时间，很习惯地又把车子开到了她的单位门口。可是他却看到她坐进了别人的车子，那是一辆白色的雪铁龙，耀眼的白，刺得他有些睁不开眼睛。

一连好几天，她都说不用他去接她。他开始有了某种不祥的预感。果然，她在电话里对他说，以后不用接她了，她说他们在一起不合适，她说祝愿他找到一个比她好的姑娘。

那些日子，他跟丢了魂似的，没心思做任何事。每天到了那个时间，他还是忍不住要去那里等她，但每次都是看到她坐进别人的车子。

有一天，那辆车没有来，他看到她了，不停地拿出手机，不停地拨着号码，然后就是不停地哭，不停地问着"为什么"。看着她在风中因为抽泣而不停抖动的身子，他的心底有一种被撕扯般疼痛的感觉，他脱下他的外套披到她的身上，他说回家吧，天气凉了。

她说她以前的男友从国外回来了，约她见面，说很想念她，想重新和她在一起，让她再给他一次机会。她原谅了他当初的背叛，她以为这是上天对她的怜悯，让自己的生命重新灿烂夺目。没想到，这又是一场烟花表演。就在他们约会的地方，一个自称是他太太的女人出现了，那是个很厉害的角色，当着他的面，重重地扇了她一记耳光，说她是个狐媚，净想着勾引她的男人。委屈的泪水夺眶而出，她感到自己有些支撑不住，天旋地转，随时都有倒下去的可能，可是他却跟着那个女人，灰溜溜地走掉了。

稍纵即逝的烟花，又一次烧焦了她的心。

"哎！"他还是陪着她轻叹，他不会说安慰的话，他给她讲在广播里听到的笑话，跟她说一些奇闻逸事，跟她说刚才的天气预报，说明天要降温，记着多穿点衣服……她的心慢慢平复了，她说"谢谢你，送我回家吧"。

他还是不走那条大路，七拐八拐地还是走那条小路。终于，她还是忍不住问他，为什么不走大路呢？

他说："你没看见前面有个很大的垃圾堆吗？如果走大路，车子就得停在垃圾堆那边，那样，你不是还得多走50多米吗，呵呵。从这边走，就可以直接到你家门口了。"

她愣了半天，没想到这个木讷的男人竟然如此心细，她忽然感觉到一种前所未有的温暖。

她想，单单这一句，该是胜过所有浪漫的山盟海誓了吧。

他把车灯打开，直到她进了屋，开了灯。他才转身离去。

她给他织了件毛衣，说冬天到了，天天起早贪黑地开车，要穿得暖和些。他迫不及待地在大街上就把毛衣换上了，满脸满心的幸福喜悦。

她想，能给另一个人带来温暖，也是件很幸福的事情呢。

看着夕阳下仿若天使的她，他咬了咬嘴唇，似乎下了很大的决心似的，而她的脸上亦是挂满红晕，似乎在等待着他说什么。"我……我……"他挠着脑袋，喃喃地说，"以后你下班的时候，我还可以去接你吗？"她被他的憨气逗乐了，大声地说："当然了，而且不走大路，走小路。"

他和她都笑了，天上开始飘起雪花，慢慢地落到地上，正在织一张幸福的地毯。

她终于敞开了心境，她想，人生不会都是笔直的大路。有时候，爱和幸福一样，也是七拐八拐，拐好几个弯儿才来的吧。

怎生不见那个人

许冬林

太阳还躺在枝头的鸟巢旁，他就来了。他想赶在太阳落山之前，找到她，跟她说上那句话。

磨磨蹭蹭的，院外有个人影，她放下手里正在侍弄的花儿，走出去。他说："我侄子组建了个庐剧团，要我去。"我说："那与我对戏的人得由我自己定，就来找你了——孩子大了，你也应闲了。"她羞赧，忍不住摸自己的脸。半晌说："你的嗓子好，小生老生都还能唱，老旦我从来就没唱过，若还唱小姐，不让人砸台也要被人笑话的。"摇摇头，进了院子，重又拾起侍弄花草的水壶。没有留他。

十八年前，他和她可是红遍那一个江北平原的庐剧角儿。台上，一个是风流儒雅的书生，一个是端庄俏丽的小姐。明艳如水的灯光下，踩着铿锵顿挫的锣声鼓点，帘后袅袅娜娜出来一个低首碎步的女子，环佩叮当，绿罗裙下掀起依稀可见的一缕香尘。及至台前，舒过腰身，驻足。缓缓抬起的一张粉脸上，是潭水似的眸，桃花样的腮。他着粉红的绣有牡丹的长衫，蹬镶有金丝边的高脚靴，双手作揖上前施礼，深情款款地唤一声"小姐"。

唱《七世夫妻》时，戏里的他和她，原是天上王母娘娘身边的一对金童玉女。只因在给王母祝寿的那天，不小心打碎了一只玉盏，被王母一怒之下，罚下人间，还背负一句恶毒的咒语：在人间，七世里都配不成一对好夫妻。一世里，他是万喜良，她是孟姜女。二世里，他是梁山伯，她是祝英台……那一出戏，台上的人唱得哀转哽咽，香帕滴泪；台下的人听得柔肠寸断，涕泪涟涟。戏罢卸妆的时候，他说："如果是《八世夫妻》，该是这一世了！"

　　那一年，在老公社大礼堂里，演一出刚从昆曲里改编过来的《牡丹亭》，下午一场，晚上一场，上午是演员对唱词。情节是《寻梦》那一节：梦醒来的杜丽娘忘记了梦境和现实的区别，在花园的好看春光里寻找梦里的那个人。在大礼堂上面小阁楼的窗台边，她不走碎步，也未施脂粉，只望着一窗的雨，轻启樱桃小口，一股清泉流出：那一边可是湖山石，这一边似牡丹亭，雕阑旁是芍药牙儿线，一丝丝垂杨枝，一串串榆荚钱。然后是一句幽怨的念白：唉——昨日梦中那个人，怎生不见呢？像一滴冷雨，落在他的心窝里，然后通体透凉。他无言，他没有接着对下去。他和她，何尝不如此——只能是戏里的夫妻。戏外，在锅碗瓢盆里，在衣衫床被间，是没有他的气息的。他的家里有结发的妻。

　　那一出《牡丹亭》到底没有唱完，下午的时候，有人来把她接走了，之后她就再也没来唱过戏，一生的舞台只在悲情的《七世夫妻》和莺莺软语的小姐角色里。婆婆去世后，她就一直在家里操持家务，相夫教子。

台上的戏还得唱下去，临时寻来个小姑娘，替她的杜丽娘，唱得也还柔婉动人，可他忘词了。他款步上前，喊一声"小姐"，抬眼看去，还是那一件罗衫和头饰，还是那一色朱唇和胭脂，可不是原先那顾盼含情的目，不是那颔下的兰花指半遮着半羞半怒的脸。那一场戏，他唱砸了，至此再没上台。

　　这一次，他留在了侄子的剧团里，随剧团常去她那里唱戏。只是，他不唱，他在台侧低头拉着二胡。一张马尾弓，在他手里推出去拉回来，好似千钧的石碾，碾不碎人世间的苍凉不平事。

　　戏罢，散场，他总爱走到话筒前，对着黑夜的天空，用苍劲高远的老生唱腔唱一句：怎生——不见——那——个——人！台上的人笑，台下的人远远地回头，也笑。只有她，立在台下混乱的人群里，泪流满面。他不知道。

与你干杯，隔着万水千山

崔修建

　　那样的遇见，注定我有一份特别的爱要在劫难逃。

　　九寨沟风光旖旎的午后，那几只翩翩的蝴蝶，是不是也在追逐着自己的梦？我俯下身来，细嗅一朵无名的紫色小花，思绪悠悠，飞不过沧海。

　　那是我的芳华岁月，一首歌就可以点亮满怀的热情，一朵云便可以阴郁了一个心事重重的春天。彼时，我接二连三地遭受了爱恨情仇的折磨，由此对爱情有了许多杂七杂八的想法，且自以为深刻无比，丝毫不逊色一位看透了滚滚红尘的情感专家。因此，我一度对是否还能遇到真正的爱情，有了些许的怀疑和忧虑。

　　独自一个人，在朋友们的一片惊讶中，我辞掉了那份许多人羡慕的相当不错的工作，独自背着简单的行囊，开始了我的目的并不十分清晰的孤身行走。于是，无数的大山大河，都成了我沿途拜访的对象，成了我单反机热爱的画面。

　　我将一路的喜怒哀乐，变成了微博上的文字和照片，接受熟悉或陌生人的关注和点评。可是，在那看似洒脱的行走中，有一种刻骨铭心的孤独，只有我最清楚，但我不说，也不知如何言说，况且即使说了，也未必有人能懂。

从来不是一个深刻的小女子，却好似世事皆已洞察。我为自己外强中干的矫饰，难为情过，却不肯坦白，这便又多了一份不可救药的虚伪。谁让我被爱伤着了，我软弱一点儿、逃避一会儿、自恋一下，又有什么不可以的呢？这样自我宽慰，我就释然了许多。

遇见你时，我正面对一溪清水，如对镜照花般地自我欣赏，你高大帅气的身影，突然闯入我眼前那一汪静静的水面，不由分说地与我共享那方清澈、柔美。

"你的眼睛里，为什么有那么多的忧郁？"你一目了然，开门见山。

"谁忧郁了？人家在欣赏美。"我的狡辩柔弱无力，像一个久病的少女。

"哦，原来是忧郁入眼啊。"你的幽默里透着睿智。

"那你是明媚入眼啊！"我在你明净的眸子里，读到了一首古体诗中才有的意境。

你笑了："我们一起去拉萨，去那天生辽阔的地方，如何？"

我摇摇头："我喜欢一个人自由地行走。"

"哦，是这样，那就祝你一路开心！"你迟疑了一下，转身离去。

这就是你我的邂逅，短短的十几分钟，没有问过彼此的名字，也没留下联系方式。世间所谓的萍水相逢，或许就是这个样子吧？

然而，平静的心湖还是被惊扰了，不禁荡起了涟漪，一圈一圈地，扩散开来，缤纷的思绪拢也拢不住。

一个人坐在那片榆荫里，脑海里摇晃着你灿烂的笑容，耳畔响着你磁性的声音，空气里弥漫着你青春蓬勃的气息……像一个突然坠入爱河的小女子，我竟那么不可救药地拼命地去回忆见到你的点点滴滴，一丝甜蜜，那般清晰。

暮色苍茫时，露珠打湿了鞋子，才恍如梦醒，赶紧起身，慌张地赶回入住的小旅店。

为什么不曾问问：你是谁？从哪里来？到哪里去？

转瞬便哑然：原来，三个看似最简单、实在的疑问，正是最深刻、最难解的哲学命题。

你轻轻地走了，却把那么多的想念塞给了我。我忽然想起在湘西苗寨遇到的一位苗族老大娘，经亲人百般地劝导，她才勉强同意将自己精心编织的一方锦饰，卖给一位台湾来的收藏家，但当收藏家要带走锦饰时，她却令人吃惊地上前，剪下锦饰的一角，留下一句震撼收藏家心灵的话："你可以带走它的身体，我要留下它的灵魂。"

一轮明月升起，咕咕作响的饥肠在提醒我：别在这里胡思乱想了，该干嘛干嘛去。

然而，奇怪的是，古镇上那些明明自己非常喜爱的小吃，那一日却陡然全都失去了往日的滋味。

是不是中了你的蛊啊？你这个无名的闯入者。我咬牙切齿，却又柔肠百转。

于是，带着你的身影和对你挥之不去的种种念想，我接下来依然孤身一人行走，却很自然地多了一份苦乐俱存的负载。

那天，随手翻开一本新上市的杂志，一篇文章的标题，惊雷般地令我僵住：你只是路过。

读罢那个一波三折的情感故事，我与作者一同唏嘘不已：是的，在我的生命旅程中，你只是路过，像一阵风路过一朵花，像一滴雨路过一棵树，那是很自然的事情，至于最终能演绎出一个美丽的故事，还是诞生一个遗憾的事故，那并非是你我所能掌控的，其间的种种因缘巧合、阴差阳错，都可能让一个美好的开端，发生根本性的转折……

如是，我不该再懊悔那天没答应与你同行，也不应遗憾当初没留你的联系方式，而要心水清澈地朝自己笑笑：真好，我受过伤的心，还会爱。

终于，我一路风尘地来到了青藏高原，仰望无垠蓝天白云，眺望无尽的高原，胸襟大开时，我立刻想起了你说的"天生辽阔"。

那天，月朗星稀。夜宿拉萨，我突然特别想喝酒，想酣畅淋漓地醉一回，哪怕烂泥一样沉醉一回。于是，我换上了最漂亮的衣裳，推开宾馆的窗户，邀请明亮的月光，今宵且来我的桌前，陪我深情啜饮。

当然，你更是我盛情邀请的嘉宾，虽然不知道你那时正身在何处，或许你与我正隔着万水千山，但那又何妨呢？那一轮皎洁的明月都欣然赶赴我的约会了，我权当你此刻就坐在我的对面好了，你正笑盈盈地举起一杯清冽的琼浆，与我共饮眼前这美丽的清风明月。

与你干杯，只因你我都是山水的知音。

与你干杯，只因你读出了我不为人知的忧郁，就像我一下子就被你的明媚所感动。

与你干杯，隔着万水千山，我不问你的姓名，也不问你的曾经和未来，只相信此刻我们心心相印。一念起，天涯便化为咫尺。所有的生疏，都在刹那被轻轻地掸落。仿佛我们早已相知相亲，甚至在我们的邂逅之前。

一杯又一杯，我在异乡，我沉浸在自己臆想的幸福里，清醒着、迷离着、回忆着、憧憬着……溶溶的月光，照见我简单的心事，照见我浓浓的情思。

原来，我还可以这样地洒脱——自己与自己碰杯，却不是独自啜饮，因为心里有你，杯里盈盈的，也是一份感动自己的深情。那一刻，就连诗仙李白的"举杯邀明月，对影成三人"也黯然失色，没了那份穿越千古的韵致。

与你干杯，隔着万水千山。很艺术，很人间烟火。

此岸情，彼岸花

崔修建

第一眼看到她，他便被她的美丽震慑住了。那时，他还只是一家小工艺品公司的勤杂工。而她却以出色的艺术才识，成为那所大学里最年轻的副教授。

当时，极度自卑的他，不敢向她表白心中的爱慕，甚至不敢坦然地迎向她明净的眸子，深怕她一下子看轻了，从此淡出他的视野。可是，年轻的心湖，已不可遏止地泛起了爱的涟漪。从此，他再也无法将她从心头挥去。那个寒冷的冬天，对于孤寂地寻觅人生前路的他来说，她不只是一团温暖的火，还是一盏明亮的灯，给了他明媚的方向和神奇的力量。

在他借宿的那个堆满杂物的零乱的仓库里，他生平第一次拿起画笔，像一个小学生一样认真地画起人物素描，他画的第一个人物就是不断地在脑海中浮现的她。他说："她无与伦比的美，是我今生所见到的最超凡脱俗的美，它属于经典的名画，属于永恒的诗歌，是应该以定格的方式传诸于世的……"

终于鼓足了勇气，他将自己幼稚的画作拿给了她，她只是那样礼节性地说了两个字"还好"，便让他受到了巨大的鼓舞，感觉到自己有一天也能在艺术上有所造诣。他暗自告诉自己：暂且把炽热的爱深藏起来，努力再努力，尽快做得更出色，以便能够配得上她的出类拔萃。然而，他又担心等不到他成功的那一天，她便已芳心有属，那样，他就会只有遗憾痛苦和无奈的结局了。那些进退皆忧的烦恼，搅得他一时寝食难安，仅仅两个月，他便消瘦了二十多斤。最后，他还是把真挚的爱燃烧成一首诗送给了她。她那样优雅地回了一句感谢，并坚定地告诉他——他们的关系只能止于友谊，而不是爱情。

对于她理智如水的拒绝，他虽有丝丝难言的苦涩，却不仅没有一点点的抱怨，反而有深深的感激，因为她自始至终都没有做错什么，她有她的方向和自主的选择。或许自己足够出色了，她才能够明了自己的那份横亘岁月的深爱。于是，他离开了省城，去了北京，又漂洋过海去了欧洲许多艺术圣地，开始四处拜师学艺，开始埋头苦练画艺，常常为了绘画达到忘我的境地。

就在他忙碌着在巴黎举办个人画展时，他收到了她婚嫁的消息。虽然早已想过会有这样的结果，早已想过会有伤感不绝如缕地涌来，只是没有想到巨大的悲伤竟会汹涌成河，让他几乎彻底崩溃。他呆呆地坐在塞纳河畔，一任秋阳揉着满脸的忧郁，一任往事怅然地拂过，失魂落魄的样子，像一株遭了寒霜的枯草。

好容易止住了心头的怆然，他给她写下的祝福简短而真诚："相信你会拥有幸福的爱情，因为你的美不只是外在的，还有你的思想，你的灵魂，最爱你的人会将你独特的优秀看得清清楚楚。"

再相逢时，他已是闻名海内外的艺术大师，他风格独具的作品正被拍卖行高价竞拍，被世界各大著名艺术馆争相收藏。而她正在那份不好不坏的婚姻里，品味着世俗生活的苦辣酸甜。终是无法割舍的情怀，让已阅读了无数沧桑的他，再次坐到她面前的那一刻，仍手足无措地慌乱，连面前的那杯咖啡，都有了一种别样的滋味。那天，他送给她一幅题名《永远》的油画，画面上那条悠长的小巷，在默默地诉说着他脉脉的心语，澄明而朦胧。

她提醒依然子身一人的他应该考虑成家的问题了，他看到她眼神中倏地滑过的一丝怅然，点头道："是啊，有情岁月催人老，不能总是在爱的路上跋涉，可是……"他的欲言又止，像极了那些留白颇多的绘画，他不说，她亦懂。

当他得知她的丈夫在漂流中遇难的消息后，迅速终止了重要的国际艺术交流活动，第一时间从意大利飞到她身边，不辞辛苦地忙前忙后，帮她料理后事。有人问他为什么要那样，他说他已经把她当作了自己最亲的亲人。她感动而感激，但对于他依然认真的求爱，她仍是干脆的两个字——拒绝。

她没有给出理由，似乎也不需要理由，就像他对她的一见钟情，几十年的红尘岁月，非但没有冲淡那份爱，反而让那爱变得更深沉、更绵长。尽管她的一再拒绝，让他品味到了许多酸涩，品味到了许多苦楚，可是，他由此体味到了难以形容的甜蜜。在希望与失望的跌宕中，在痛苦与幸福的交织中，他咀嚼着一份无怨无悔的真爱。他说："她是他的彼岸花，始终在那个距离上，美丽着，芬芳着。"

有评论家赞赏他的作品鲜明的艺术风格——总是那样明媚而热烈，即使偶尔有一点黑色的阴郁，也总无法掩住红色的希望……很少有人知道，他是怎样蘸着苦涩，一次次描绘着渴望的幸福，更难有人能够体会到，当他的画笔酣畅淋漓地游走时，他内心里又澎湃着怎样的爱的大潮。

再后来，他与法国画家乔治·朱丽娅结婚，定居法国南部小城尼斯。但始终与她保持书信联系，他们的情谊愈加深厚。她曾意味深长地说："没能与他牵手，或许不是我今生最好的选择，却让我拥有了一生的幸福。"

她55岁那年，因脑溢血溘然辞世。闻讯，他把自己关在画室内，一口气画下有人出千万美元他也不卖的绝作《彼岸花》，并宣布从此退出画坛，不碰丹青，隐居国外，谢绝任何采访。

他就是19世纪末著名的油画家任千秋，她的名字叫谢小菊。他们的爱情故事，就像他最后的杰作那样——如今，那些美丽的往事，虽然已是彼岸的花，但隔着岁月，向我们绵绵吹送的，依然是时光无法洗去的温馨与美好。

木瓜海棠

顾晓蕊

那年初春，小院里的海棠花盛开了，一树的火红，灿漫一片，如霞似锦。

17岁的美棠斜倚在窗前，从珠帘后探出半个身子，正对着菱花镜梳妆。忽传来温和清朗的谈笑声，她眉心一跳，抬眸望去，只见花影中迎面走来两个人，是就读黄埔军校的哥哥回来了，身后跟着位穿英挺军装的男子。

男子看见美棠，收住脚步，怔怔痴痴地望向她。那清丽的身影，玲珑的面容，好似记忆里的画中人，是春光中最灿漫的一朵。他脸上漾起温柔的笑意，宛若凌凌的春水，漫进她心底。美棠的脸微微一红，扭身，灵巧地闪到帘后。

过后知晓男子名叫端木，跟哥哥是军校同学。只轻轻地一望，却已情根深埋，由此结下一段姻缘。

他们结婚后不久，赶上时局混乱，战火绵延，哥哥和端木去往抗战前方。他们选择了不同的道路，哥哥随八路军游走征战，在一次战役中不幸牺牲。而端木成为国民党军官，偶尔匆促归来，披一身淡白的月光敲门，天不亮便趁着薄雾离去。

采依和阿吉这对双胞胎，是在一个雪夜出生的，那夜漫天飞雪，天地间似挂上了晶莹的雪帘。屋内的炉火烧得很旺，端木的脸被火光映得通红。他温柔怜惜地望着美棠，又一遍遍低头看孩子，那脆亮的啼哭声，犹如果实的香气一样溢满整个屋子。

次日，破晓的晨光淌进屋，端木要走了。出了门，他扭回头说："海棠花开的时候，我就会回来！"美棠扑到门框上，满脸凄惶地轻喊："我等着你回来！"她目送着端木的身影在雪地里变成圆点，又消失不见。

一年年过去，时光的影子从窗前掠过，海棠花开了又落，端木却再也没有归来。

初听到这段陈年旧事，我7岁，是从母亲采侬的口中道出，当然是美棠外婆讲给她听的。我的小脑袋里蹦出无数问号，如泛着银光的镰刀，收割着一茬茬的好奇。外公长什么模样？会发脾气吗……我将疑问抛给母亲。

母亲显得慌乱而迷朦，皱皱眉头，苦笑着无奈地说："我一出生他就走了，哪里会知道，你还是去问外婆吧！"

我悻悻地转身，却不甘心，跑去问外婆。"他瘦高个儿，长得很英武，笑起来的样子，还是很好看喏。"她慢悠悠地说着，脸上起了红晕，恍若时光的串珠被拨回到许多年前。

我歪头想想，又追问："外公去哪了？啥时能回来呢？"

外婆脸上浮起一抹凄楚，叹道："早年间没少托人打听，临村有个逃回来的人说，你外公随国民党撤退去了台湾。哎！这些年也不知道他是怎么过的……"

说着眼前起了雾，雾气渐渐聚拢，凝成了珠泪，经年留在她眼里。因而在我的记忆里，外婆那双深邃凹陷的眼眸，既忧戚伤愁，又永远晶莹透澈。

随后，从母亲间断凌乱的诉说中，我试着将后面发生的故事拼凑起来。

外公离开后，隔了两年，因一些原因，外婆挑着两个竹筐，里面坐着母亲和舅舅，还装着仅存的一点家当，搬进四面漏风的破茅屋里。

起初，日子过得很是清苦，最艰难时挖野菜充饥。外婆擅长做手工活，她变卖首饰，换回做活的物什，来做衣的村民渐渐多起来，生活稍有些好转。

不论生活多么艰难，外婆总是衣着洁净，面容清朗，还将两个孩子都送进学堂，让他们读书学礼。即便是暗淡阴沉的动乱年代，她也能做到不卑屈，不露怯。

阴云散尽，大地回暖。外婆的一头乌丝，染上白霜。海棠树下，她幽幽地倚窗张望，花影重重后，那个稔熟的身影，始终没有出现。

花落了了，结了木瓜，我问外婆，海棠怎么会结瓜呢？她说，那是海棠的孩子。说罢眼里又漫起雾，指着一张昏黄的结婚照，扭头对舅舅说："你爹爹……也老了吧，还不知在哪儿呢。"

外婆重重地咳起来，身体摇摆如风中的芦苇，似乎随时会被吹断。舅舅忧心地望着她，闪出个念头。

那几年，从报上不断看到，有台湾老兵回乡探亲。舅舅东拼西借，凑足路费，收拾好行装，前往台湾寻找外公。

辗转到了那里，同乡会中有位老兵，认出端木的照片。听他讲两人是战友，到台湾的第二年，端木便因病去世，临走前，紧握住那位老兵的手，问了句莫名的话："海棠花开了吗？"

老兵叹道，赶上兵荒马乱的，又过去这么些年，如今连墓地都无处可寻了。

舅舅身子颤抖，两手紧捂胸口，悲声唤道："是爹爹啊，爹爹……"

从台湾回来，舅舅去了外婆屋，哀哀地说："我这次到台北没见到，下回去别的县，挨个地方找！"出了屋，来到母亲房间，说了经过，两人抱头低声痛哭，约好先瞒下来。

第二年清明时节，母亲备些面饼和茶蛋，让舅舅带到路上吃。他坐火车来到福建的平潭县，在一个小渔村住下。夜晚月升中天，他到海边放莲花灯，朝着台湾岛的方向，长跪而拜。

住上一周后，舅舅风尘仆仆地归来。仍然先到外婆屋里问安，而后垂下眼，苦着脸说，明年吧，明年说不定能找到！外婆眼里迸出的光芒，渐渐隐去。

6年过去了，海棠花年年地开，外婆身体越来越差，终于有一天，她躺到病床上，如忽明忽灭的烛焰。外婆扭头望向窗外，声音微弱地说："端木，我们要见面了！"

舅舅大惊，只听外婆又说："儿呀，你爹早不在世了。你的眼神，骗不了娘的！"舅舅抑制不住地流下泪，扑跪到床边。

花开得多好啊……外婆呢喃道，手颤颤地抬起，又无力地垂下。

苍茫暮色里，满树的海棠花，灿若焰火，如云如雾，映红了半片天空。